Emmanuel Carrère

La moustache

P.O.L

Emmanuel Carrère est né en 1957. D'abord journaliste, il a publié un essai sur le cinéaste Werner Herzog en 1982, puis *L'amie du jaguar, Bravoure* (prix Passion 1984, prix de la Vocation 1985), *La moustache* (Folio n° 1883), *Le détroit de Behring*, essai sur l'Histoire imaginaire (prix Valery Larbaud et Grand Prix de la science-fiction française 1987), *Hors d'atteinte ?* (Folio n° 2116) et une biographie du romancier Philip K. Dick, *Je suis vivant et vous êtes morts*. *La classe de neige* (Folio n° 2908), prix Femina 1995, a été porté à l'écran par Claude Miller.

Pour Caroline Kruse

« Que dirais-tu si je me rasais la moustache ? »

Agnès, qui feuilletait un magazine sur le canapé du salon, eut un rire léger, puis répondit : « Ce serait une bonne idée. »

Il sourit. A la surface de l'eau, dans la baignoire où il s'attardait, flottaient des îlots de mousse semés de petits poils noirs. Sa barbe poussait très drue, l'obligeant à se raser deux fois par jour s'il ne voulait pas, le soir, avoir le menton bleu. Au réveil, il expédiait la tâche face au miroir du lavabo, avant de prendre sa douche, et ce n'était qu'une suite de gestes machinaux, dépourvue de toute solennité. Le soir au contraire, cette corvée devenait un moment de détente qu'il organisait avec soin, veillant à faire couler l'eau du bain par la douche, afin que la vapeur ne brouille pas les miroirs qui entouraient la baignoire encastrée, disposant un verre à portée de sa main, puis étalant longuement la mousse sur son menton, passant et repassant le rasoir en prenant garde de ne pas attaquer sa moustache dont il égalisait les poils ensuite avec des ciseaux. Qu'il dût ou non sortir et paraître à son avantage, ce rite

9

vespéral tenait sa place dans l'équilibre de la journée, tout comme l'unique cigarette qu'il s'accordait, depuis qu'il avait cessé de fumer, après le repas de midi. Le calme plaisir qu'il en tirait n'avait pas varié depuis la fin de son adolescence, la vie professionnelle l'avait même accru et lorsqu'Agnès raillait affectueusement le caractère sacré de ses séances de rasage, il répondait qu'en effet c'était son exercice zen, l'unique plage de méditation vouée à la connaissance de soi et du monde spirituel que lui laissaient ses vaines mais absorbantes activités de jeune cadre dynamique. Performant, corrigeait Agnès, tendrement moqueuse.

Il avait terminé, à présent. Les yeux mi-clos, tous les muscles au repos, il détaillait dans le miroir son propre visage, dont il s'amusa à exagérer l'expression de béatitude humide puis, changeant à vue, de virilité efficiente et déterminée. Un reste de mousse adhérait au coin de sa moustache. Il n'avait parlé de la raser que par plaisanterie, comme il parlait quelquefois de se faire couper les cheveux très courts — il les portait mi-longs, rejetés en arrière. « Très courts ? Quelle horreur, protestait immanquablement Agnès. Avec la moustache en plus, et le blouson de cuir, tu ferais pédé.

— Mais je peux aussi me couper la moustache.

— Je t'aime bien avec », concluait-elle. A vrai dire, elle ne l'avait jamais connu sans. Ils étaient mariés depuis cinq ans.

« Je descends faire quelques courses au supermarché, dit-elle en passant la tête par la porte entrouverte de la salle de bains. Il faudra partir d'ici une demi-heure, alors ne traîne pas trop. »

Il entendit un froissement d'étoffe, sa veste qu'elle enfilait, le cliquetis du trousseau de clés ramassé sur la table basse, la porte d'entrée ouverte, puis refermée. Elle aurait pu brancher le répondeur, pensa-t-il, m'éviter de sortir du bain tout ruisselant si le téléphone sonne. Il but une gorgée de whisky, fit tourner le gros verre carré dans sa main, ravi par le tintement des glaçons — enfin, de ce qu'il en restait. Bientôt, il allait se redresser, s'essuyer, s'habiller...

Dans cinq minutes, transigea-t-il, jouissant du plaisir du répit. Il se représentait Agnès progressant vers le supermarché, talons claquant sur le trottoir, patientant dans la queue, devant la caisse, sans que ce piétinement entame sa bonne humeur ni la vivacité de son regard : elle remarquait toujours des petits détails bizarres, pas forcément drôles en soi mais qu'elle savait mettre en valeur dans les récits qu'elle en faisait. Il sourit à nouveau. Et si, quand elle remonterait, il lui avait fait la surprise de s'être vraiment rasé la moustache ? Elle avait déclaré, cinq minutes plus tôt, que ce serait une bonne idée. Mais elle n'avait pu prendre sa question au sérieux, pas plus que d'habitude en tout cas. Elle l'aimait moustachu, et lui aussi, d'ailleurs, encore que depuis le temps il se fût déshabitué de son visage glabre : il ne pouvait pas vraiment savoir. De toute façon, si sa nouvelle tête ne leur plaisait pas, il pourrait toujours laisser repousser sa moustache, cela prendrait dix, quinze jours durant lesquels il ferait l'expérience de se voir différent. Agnès changeait bien de coiffure

11

régulièrement, sans le prévenir ; il s'en plaignait toujours, lui faisait des scènes parodiques et, dès qu'il commençait à s'y habituer, elle s'en était lassée et apparaissait avec une nouvelle coupe. Pourquoi pas lui, à son tour ? Ce serait amusant.

Il rit silencieusement, comme un gamin qui prépare un mauvais coup, puis, tendant le bras, reposa le verre vide sur la coiffeuse et prit une paire de ciseaux, pour le gros ouvrage. L'idée lui vint aussitôt que ce paquet de poils risquait d'obstruer le siphon de la baignoire : une poignée de cheveux y suffisait et ensuite c'était tout un cirque, il fallait verser un de ces produits déboucheurs à base de soude qui puaient pendant des heures. Il s'empara d'un verre à dents qu'il plaça sur le rebord, en équilibre précaire devant la glace et, se penchant dessus, entreprit de tailler dans la masse. Les poils tombaient au fond du verre en petites touffes compactes, très noirs sur le dépôt de calcaire blanchâtre. Il travaillait lentement, pour ne pas s'écorcher. Au bout d'une minute, il releva la tête, inspecta le chantier.

Tant qu'à faire le clown, il pouvait aussi s'arrêter à ce point, laisser sa lèvre supérieure ornée d'une végétation irrégulière, vivace ici, ratiboisée là. Enfant, il ne comprenait pas pourquoi les adultes mâles ne tiraient jamais de leur système pileux un parti comique, pourquoi par exemple un homme qui décidait de sacrifier sa barbe le faisait en général d'un seul coup au lieu de proposer à l'hilarité de ses amis et connaissances, ne serait-ce qu'un jour ou deux, le spectacle d'une joue glabre et d'une autre barbue, d'une demi-moustache ou de rouflaquettes en forme de Mickey, bouffonneries qu'un coup de rasoir suffisait à effacer après s'en être diverti. Bizarre comme le goût de ce genre de caprice s'estompe avec l'âge, lorsque précisément il devient réalisable, pensa-t-il en constatant que lui-même, en pareille occasion, se pliait à l'usage et n'envisageait pas d'aller dans cet état de friche dîner chez Serge et Véronique, pourtant de vieux amis qui ne s'en seraient pas formalisés. Préjugé petit-bourgeois, soupira-t-il, et il continua d'actionner les ciseaux jusqu'à ce que le fond du verre à dents soit plein, le terrain propice au travail du rasoir.

Il fallait se hâter, Agnès allait revenir d'un instant à l'autre, l'effet de surprise serait gâché s'il n'avait pas terminé à temps. Avec la hâte joyeuse de qui emballe un cadeau à la dernière minute, il appliqua de la crème à raser sur la zone débroussaillée. Le rasoir crissa, lui arrachant une grimace ; il ne s'était pourtant pas coupé. De nouveaux flocons de mousse, piquetés de poils noirs mais beaucoup plus nombreux que tout à l'heure, tombèrent dans la baignoire. Il recommença deux fois. Bientôt, sa lèvre supérieure fut plus lisse encore que ses joues, du beau travail.

Bien que sa montre fût étanche, il l'avait retirée pour prendre son bain, mais l'opération n'avait pas duré, à son estimation, plus de six ou sept minutes. Pendant qu'il y mettait la dernière main, il avait évité de regarder dans la glace afin de se réserver la surprise, de se voir comme Agnès allait bientôt le voir.

Il leva les yeux. Pas terrible. Le hâle des sports

d'hiver, à Pâques, tenait encore un peu sur son visage, si bien que la place de la moustache y découpait un rectangle d'une pâleur déplaisante, qui paraissait même faux, plaqué : une fausse absence de moustache, pensa-t-il, et déjà, sans abdiquer complètement la bonne humeur malicieuse qui l'y avait poussé, il regrettait un peu son geste, se répétait mentalement qu'en dix jours le malheur serait réparé. Tout de même, il aurait pu se livrer à cette facétie à la veille des vacances plutôt qu'après, de manière à être intégralement bronzé et aussi à ce que la repousse soit plus discrète. Que moins de gens soient au courant.

Il secoua la tête. Bon, ce n'était pas grave, il n'allait pas en faire une maladie. Et l'expérience, au moins, aurait eu le mérite de prouver que la moustache lui allait bien.

Prenant appui sur le rebord, il se leva, retira le bouchon de la baignoire qui commença à se vider à grand bruit pendant qu'il s'enroulait dans la serviette-éponge. Il tremblait un peu. Devant le lavabo, il se frictionna les joues avec de l'after-shave, hésitant à toucher la place laiteuse de sa moustache. Quand il s'y résolut, un picotement lui fit crisper les lèvres : l'irritation d'une peau qui, depuis près de dix ans, n'avait pas connu le contact de l'air libre.

Il détourna les yeux du miroir. Agnès n'allait plus tarder. Soudain, il découvrit qu'il était inquiet de sa réaction, comme s'il rentrait à la maison après une nuit dehors passée à la tromper. Il gagna le salon où il avait disposé sur un fauteuil les vêtements qu'il comptait porter ce soir et les enfila avec une hâte furtive. Dans sa nervosité, il tira trop fort sur un lacet de chaussure qui cassa. Un gargouillis véhément l'avertit, tandis qu'il pestait, que la baignoire avait fini de se vider. En chaussettes, il retourna à la salle de bains dont le carrelage mouillé lui fit contracter les orteils, passa le jet de la douche sur les parois de la baignoire jusqu'à ce que le reste de mousse et surtout les poils aient entièrement disparu. Il s'apprêtait à la récurer avec le produit rangé dans le placard sous le lavabo, pour éviter cette peine à Agnès, mais se ravisa à l'idée qu'il se conduirait moins, ce faisant, en mari prévenant qu'en criminel soucieux d'éliminer toute trace de son forfait. En revanche, il vida le verre à dents contenant les poils coupés dans la poubelle en fer-blanc dont une pédale commendait le couvercle, puis le rinça avec soin, sans râcler cependant la couche de calcaire. Il rinça aussi les ciseaux, les essuya ensuite pour qu'ils ne rouillent pas. La puérilité de ce camouflage le fit sourire : à quoi bon nettoyer les instruments du crime quand le cadavre se voit comme le nez au milieu de la figure ?

Avant de regagner le salon, il jeta un coup d'œil circulaire à la salle de bains, en évitant de se regarder dans la glace. Puis il mit un disque de bossa-nova des années 50, s'assit sur le canapé avec l'impression pénible d'attendre dans l'antichambre d'un dentiste. Il ne savait pas s'il aimait mieux qu'Agnès rentre tout de suite ou soit retardée, lui laissant un moment de sursis pour se raisonner, ramener son geste à sa juste dimension : une plaisanterie, au pire une initiative malheureuse dont elle allait rire avec lui. Ou bien se déclarer horrifiée, et ce serait drôle aussi.

La sonnette de la porte retentit, il ne bougea pas. Quelques secondes s'écoulèrent, puis la clé farfouilla dans la serrure et, du canapé dont il n'avait pas bougé, il vit Agnès entrer dans le vestibule en poussant le battant du pied, les bras chargés de sacs en papier. Il faillit crier, pour gagner du temps : « Ferme la porte ! Ne regarde pas ! » Avisant ses chaussures sur la moquette, il se pencha précipitamment sur elles, comme si la tâche de les mettre pouvait l'absorber longtemps, lui éviter de montrer son visage.

« Tu aurais pu ouvrir », dit Agnès sans acrimonie, en le voyant au passage figé dans cette posture. Au lieu d'entrer dans le salon, elle alla tout droit vers la cuisine et, en tendant l'oreille, il écouta, au fond du couloir, le bourdonnement léger du réfrigérateur qu'elle ouvrait, les sacs froissés à mesure qu'elle en retirait ses achats, puis ses pas qui se rapprochaient.

« Qu'est-ce que tu fabriques ?

— Mon lacet est cassé, marmonna-t-il sans relever la tête.

— Change de chaussures, alors. »

Elle rit, se laissa tomber sur le canapé, à ses côtés Assis du bout des fesses, le buste rigidement incliné sur les chaussures dont il détaillait les surpiqûres sans les voir, il restait paralysé par l'absurdité de la situation : s'il avait fait cette blague, c'était pour accueillir Agnès tout faraud, s'exhiber en plaisantant sa surprise et, le cas échéant, sa désapprobation, pas pour se recroqueviller en espérant différer aussi longtemps que possible le moment où elle le verrait. Il fallait se secouer, vite, reprendre l'avantage et, encouragé peut-être par la péroraison gominée du saxophone sur le disque, il se leva d'un mouvement brusque, marcha en lui tournant le dos vers le couloir où se trouvait le placard à chaussures.

« Si tu tiens à mettre celles-ci, lui cria-t-elle, on peut toujours faire un nœud au lacet, en attendant d'en acheter une paire de rechange.

— Non, ça ira », répondit-il, et il sortit une paire de mocassins qu'il chaussa, debout dans le couloir, en forçant sur les empeignes. Au moins, pas de problème de lacets. Il inspira profondément, passa la main sur son visage en s'attardant à la place de la moustache. C'était moins choquant au toucher qu'à la vue, Agnès n'aurait qu'à beaucoup le caresser. Il se força à sourire, surpris de constater qu'il y arrivait à peu près, repoussa la porte du placard, la calant avec le carton qui l'empêchait de bâiller, et retourna au salon, la nuque un peu raide mais souriant, à visage découvert. Agnès avait arrêté le disque et le rangeait dans sa pochette.

« Il faudrait peut-être y aller, maintenant », dit-elle en se tournant vers lui, avant d'abaisser doucement le couvercle de la platine dont le voyant rouge s'éteignit sans qu'il l'ait vue appuyer sur le bouton.

En descendant au sous-sol où se trouvait le parking, elle vérifia son maquillage dans la glace de l'ascenseur, puis le regarda, lui, d'un air approbateur, mais cette approbation, de toute évidence, portait sur son costume et non sur la métamorphose qu'elle n'avait toujours pas commentée. Il soutint son regard, ouvrit la bouche, la referma aussitôt, ne sachant que dire. Durant le trajet en voiture, il resta silencieux, essayant mentalement plusieurs phrases d'amorce mais aucune ne lui parut satisfaisante : c'était à elle de parler la première et du reste elle parlait, racontait une anecdote concernant un auteur de la maison d'édition où elle travaillait, mais il l'écoutait à peine et, ne parvenant pas à interpréter son attitude, fournissait une réplique réduite au minimum. Bientôt ils arrivèrent dans le quartier de l'Odéon, où habitaient Serge et Véronique et où, comme d'habitude, il s'avéra presque impossible de se garer. Les embouteillages, le tour trois fois répété du même pâté de maisons lui donnèrent un prétexte pour exhaler sa mauvaise humeur, frapper le volant du poing, hurler merde à l'intention d'un klaxonneur qui ne pouvait l'entendre. Agnès se moqua de lui et, conscient d'être désagréable, il lui proposa de la déposer pendant que lui continuait à chercher une place. Elle accepta, descendit à hauteur de l'immeuble où ils se rendaient, traversa la chaussée, puis, comme si elle se ravisait brusquement, retourna d'un pas vif vers la voiture à l'arrêt où il attendait que le feu passe au vert. Il baissa la vitre, soulagé à l'idée qu'elle allait, d'un mot tendre, cesser de le faire marcher, mais elle voulait seulement lui rappeler le code de la porte d'entrée. Prêt à la retenir, il se pencha vers la fenêtre, mais elle s'éloignait déjà en lui adressant par-dessus l'épaule un clin d'œil qui pouvait signifier « à tout de suite », « je t'aime », ou n'importe quoi d'autre. Il démarra, perplexe et agacé, éprouvant fortement l'envie d'une cigarette. Pourquoi feignait-elle de n'avoir rien remarqué ? Pour répondre par une autre surprise à celle qu'il lui avait ménagée ? Mais justement, c'était ça l'étonnant : elle n'avait pas du tout paru surprise, pas même un instant, le temps de se reprendre, de se composer un visage naturel. Il l'avait bien regardée au moment où elle le voyait, en remettant le disque dans sa pochette : pas un haussement de sourcil, une expression fugitive, rien, comme si elle avait eu tout le loisir de se préparer au spectacle qui l'attendait. Bien sûr, on pouvait soutenir qu'il l'avait prévenue, elle avait même dit, en riant, que ce serait une bonne idée. Mais il s'agissait forcément d'une parole en l'air, d'une fausse réponse à ce qui était encore, dans son esprit, une fausse question. Impossible d'imaginer qu'elle l'avait pris au sérieux, qu'elle avait fait les courses en se disant : il est en train de raser sa moustache, il faut qu'en le voyant je fasse comme si de rien n'était. D'un autre côté, le sang-froid dont elle avait fait preuve était encore moins croyable si elle ne s'y attendait pas. En tout cas, jugea-t-il, je lui tire mon chapeau. Joli coup.

Malgré l'embouteillage, son irritation diminuait, et par suite son malaise. L'absence de réaction d'Agnès, ou plutôt la rapidité de sa réaction, trahissait l'étroite complicité qui les liait, un esprit de surenchère, d'improvisation blagueuse dont, au lieu de faire la tête, il convenait plutôt de la féliciter. A malin, malin et demi, ça lui ressemblait bien, ça leur ressemblait bien et l'impatience lui venait à présent, non pas d'elucider un malentendu, mais de jouir avec elle d'une entente quasi télépathique et d'y associer leurs amis. Serge et Véronique allaient rire, d'abord de sa nouvelle tête, ensuite du bateau monté par Agnès, de son énervement qu'il comptait bien avouer, détailler sans s'épargner en se présentant sous un jour déboussolé et plaisamment scrogneugneu, en faisant mousser la réponse du berger à la bergère. A moins... à moins que la bergère, jamais à court d'idées, ne l'ait devancé avec l'intention de mettre Serge et Véronique dans la confidence, d'exiger de leur part la même attitude. C'était lui, sans doute, qui lui avait proposé de monter la première, mais s'il ne l'avait pas fait, elle le lui aurait peut-être demandé. Ou bien, tout comme lui, elle ne voyait que maintenant le parti à tirer de cette longueur d'avance. En fait, il l'espérait, ravi de poursuivre un jeu dont la drôlerie, le côté ping-pong, lui paraissaient maintenant évidents. Il serait déçu si elle n'y pensait pas, mais aucun doute, elle y pensait, l'occasion était trop belle. Il l'imaginait à cet instant en train de faire la leçon à Serge et Véronique, Véronique gloussant, menaçant d'attraper un fou rire à force de s'entraîner à prendre l'air naturel. Elle n'avait pas, loin de là, le talent de comédienne d'Agnès, son aplomb ni son goût du canular, elle se trahirait vite.

La perspective de ce gag, le plaisir qu'il prenait à s'en figurer le déroulement et les ratés possibles dissipaient la gêne qu'il avait éprouvée un moment plus tôt. En prenant du recul, il s'étonnait de son désarroi, se reprochait sa mauvaise humeur; mais

20

non, même pas, elle s'intégrait bien au jeu, il lui semblait presque, rétrospectivement, l'avoir simulée aussi. Il palpa son visage, tendit le cou pour le regarder dans le rétroviseur. Bon, ce n'était pas très heureux, cette lèvre supérieure couleur champignon de Paris au milieu du bronzage, mais on allait en plaisanter, et puis la partie blanche se hâlerait, la partie hâlée pâlirait, surtout il se laisserait repousser la moustache ; le seul motif d'enrager, s'il tenait vraiment à en trouver un, c'était que l'automobiliste qui le suivait venait de prendre une place qu'il avait dépassée sans y faire attention, occupé qu'il était à se dévisager.

Serge et Véronique furent à la hauteur. Ni coups d'œil appuyés, ni discrétion ostentatoire, ils le regardaient en face, exactement comme d'habitude. Il les provoqua, pourtant, se débrouilla, sous prétexte de l'aider, pour se retrouver seul à la cuisine avec Véronique et la mettre à l'épreuve en la félicitant de sa bonne mine. Elle lui retourna le compliment oui, il avait bronzé, oui, il avait fait beau, tu es en forme, tu ne changes pas, toi non plus. Pendant le dîner, tous les quatre parlèrent ski, travail, amis communs, films nouveaux, avec tant de naturel que le gag, à la longue, perdait de son sel comme ces postiches trop parfaits qui, à force de ressembler à l'original, inspirent davantage de respect que de gaieté. De jouer si bien le jeu lui gâchait le plaisir qu'il en avait escompté, il en aurait presque voulu à Véronique qu'il tenait, a priori, pour l'élément défaillant du complot, et qui ne flanchait pas. Personne ne saisissait les perches de plus en plus grosses qu'il tendait, parlant du socialisme glabre imposé par le gouvernement Fabius ou des moustaches dessinées à la Joconde par Marcel Duchamp et, en dépit de la tension implicite que cette plaisanterie impeccablement filée imprimait au déroulement de la soirée, il se sentait triste comme un enfant qui, lors d'un repas familial en l'honneur de son prix d'excellence, voudrait que la conversation porte seulement sur cet événement, souffre que les adultes, après l'en avoir félicité, n'y reviennent pas sans cesse, parlent d'autre chose, l'oublient. Le vin aidant, il se surprit lui-même à oublier, l'espace d'une minute, qu'il avait rasé sa moustache, que les autres feignaient de ne pas le remarquer et, lorsqu'il s'en rendait compte, jetait un coup d'œil au miroir surmontant la cheminée afin de se persuader qu'il n'avait pas rêvé, que le phénomène, apparemment oublié de tous, persistait cependant, ainsi que la mystification dont il était la victime consentante, la vedette lassée de son emploi d'Arlésienne. Cette persistance l'étonna d'autant plus qu'après le dîner, Serge, un peu éméché, se disputa avec Véronique, pour une raison futile qui d'ailleurs lui échappa. De telles disputes se produisaient souvent entre leurs hôtes, nul n'y attachait d'importance. Véronique avait mauvais caractère et Agnès, qui la connaissait depuis toujours, s'amusait ouvertement de ses haussements d'épaules furieux, de ses replis vers la cuisine où elle l'accompagnait pour mettre de l'huile sur le feu. Cette scène de ménage, toutefois, faisait oublier la comédie de l'indifférence à l'endroit de la moustache coupée, ce qui en soit était compréhensible, mais devint plus bizarre quand l'incident fut clos. Car la tension ne se résorbait pas tout à fait et Véronique, vexée, faisant ostensiblement sécession, il semblait logique qu'elle se désolidarise avec éclat d'une blague dont l'entente générale était la condition. Or, elle ne le fit pas. Il chercha le moyen de la pousser à dénoncer un pacte que, toute à sa colère, elle avait peut-être complètement oublié, mais n'en trouva que de grossiers qui auraient conclu lourdement un gag auquel Agnès avait peut-être prévu une chute brillante. Véronique manifestant qu'elle en avait assez et souhaitait les voir partir pour se chamailler dans l'intimité, il devint clair pourtant qu'il n'y aurait pas de chute, que le gag s'arrêtait là, ne serait pas commenté par ses interprètes, se félicitant mutuellement et riant de bon cœur comme il l'avait espéré. Sa déception enfantine s'accentua, l'agacement revint. Même s'il trouvait une façon spirituelle de remettre l'affaire sur le tapis, il n'y avait guère de chance à présent que sa sortie trop longtemps différée soit accueillie par autre chose qu'un enjouement réchauffé, prouvant que le plaisir qu'on avait pu prendre à jouer cette comédie était depuis longtemps retombé, remplacé par une indifférence non stimulée et pour lui frustrante.

Agnès, dans la voiture, ne revint pas davantage sur la question. Sans doute regrettait-elle que sa blague ait fait long feu, au point que jusque sur le palier tous se soient accordés tacitement à ne pas la ranimer, mais elle ne le montrait pas, commentait gaiement le dîner, le caractère de cochon de Véronique, persiflait à son habitude. Et bien qu'il n'attendît pas d'elle un étalage de confusion, ce refus d'évoquer, même incidemment, le petit événement de la soirée, lui parut presque agressif, comme si, un comble, elle lui en voulait à lui de l'enlisement de sa plaisanterie. Il détestait être fâché contre Agnès, aurait voulu l'aimer sans aucune réticence, si brève et éphémère fût-elle ; et, de fait, l'amour qu'ils se portaient allait de pair avec un sens de l'humour à usage privé qui suffisait en général à désamorcer les conflits. S'agissant d'un caprice aussi bénin, un minimum de recul aurait dû le prévenir contre toute irritation. Malgré quoi l'attitude d'Agnès l'irritait, et même réveillait l'angoisse inexplicable, l'impression diffuse d'être en faute qu'il avait éprouvées au sortir de la salle de bains. C'était ridicule, évidemment, il pouvait bien jouer le jeu encore cinq minutes si cela amusait Agnès, mais il allait finir par lui en vouloir, il le pressentait, alors autant arrêter. Seulement, c'était à elle de faire le premier pas et tant pis si, ayant trop tardé, il ne lui restait rien de mieux à sortir qu'un banal « ça ne te va pas mal, tu sais », il suffisait qu'elle le dise gentiment. Même si elle trouvait ça moche, d'ailleurs, le tout était de le dire. Mais apparemment, elle ne voulait pas. Tête de mule, pensa-t-il.

Depuis deux minutes, elle avait cessé de parler, regardait droit devant elle avec une petite moue boudeuse, l'air de lui reprocher son manque d'attention. Il l'adorait ainsi, le front buté sous la frange, soudain enfantine. Son mécontentement disparut d'un coup, balayé par une vague d'attendrissement un peu goguenard, celui de l'adulte qui cède au caprice d'une gamine en faisant remarquer que c'est le plus intelligent qui s'arrête le premier.

A un feu rouge, il se pencha sur elle et, du bout des lèvres, suivit le contour de son visage. Comme elle tendait la tête en arrière pour lui offrir son cou, il remarqua qu'elle souriait, pensa dire : « Tu as gagné. » Il préféra frotter, en tordant le nez, sa lèvre supérieure lisse contre la peau, remontant de la clavicule au lobe de l'oreille, et murmurer : « Ça change, non ? »

Elle soupira doucement, posa la main sur sa cuisse tandis qu'il s'écartait à regret pour passer du point mort en première. Après qu'ils eurent traversé le carrefour, elle demanda à mi-voix :

« Qu'est-ce qui change ? »

Il pinça les lèvres, refusant de se laisser aller à l'impatience.

« Pouce.

— Quoi, pouce ?

— S'il te plaît..., implora-t-il comiquement.

— Mais quoi, qu'est-ce qu'il y a ? »

Tournée vers lui, elle le dévisageait avec une curiosité si bien jouée, tendre, un peu inquiète, qu'il craignait, si elle continuait, de vraiment lui en vouloir. Il avait fait le premier pas, cédé sur toute la ligne, elle devait comprendre que ça ne l'amusait plus, qu'il avait envie de parler tranquillement. S'efforçant de poursuivre sur le ton de l'adulte qui raisonne une fillette entêtée, il déclara avec emphase :

« Les plaisanteries les meilleures sont les plus courtes.

— Mais quelle plaisanterie ?

— Arrête ! » coupa-t-il avec une brusquerie qu'il regretta aussitôt. Il reprit doucement :

« Stop.

— Qu'est-ce qu'il y a ?

— Arrête, s'il te plaît. Je te demande d'arrêter »

Il avait cessé de sourire, elle aussi.

« Bon. Arrête-toi, dit-elle. Tout de suite. Ici. »

Il comprit qu'elle parlait de la voiture, obliqua sèchement vers le couloir de bus et coupa le contact, pour donner plus de poids à son injonction d'en finir. Mais elle parla la première :

« Explique-moi. »

Elle paraissait si déconcertée, choquée même qu'il se demanda un instant si elle n'était pas sincère, s'il se pouvait que, pour quelque raison incroyable, elle n'ait rien remarqué. Mais aucune raison incroyable ne faisait l'affaire, il était même grotesque de se poser la question, et encore plus de la lui poser.

« Tu n'as rien remarqué ? demanda-t-il quand même.

— Non. Non, je n'ai rien remarqué et tu vas m'expliquer tout de suite ce que j'aurais dû remarquer. »

C'était la meilleure, pensa-t-il : le ton déterminé, presque menaçant, de la femme qui va faire une scène, sûre de son bon droit. Mieux valait abandonner, elle se lasserait comme les enfants quand on cesse de faire attention à eux. Mais elle n'avait plus sa voix d'enfant. Il hésita, finit par soupirer : « Rien », et avança la main vers la clé de contact. Elle la retint.

« Si, ordonna-t-elle. Dis-moi. »

Il ne savait même pas quoi dire. Enfoncer le clou, prononcer les quelques mots qu'Agnès, poussée par une lubie quelconque, voulait à toute force lui faire prononcer semblait soudain difficile, vaguement obscène.

« Mais enfin, ma moustache », finit-il par lâcher en boulant les syllabes.

Voilà. Il l'avait dit.

« Ta moustache ? »

Elle fronça les sourcils, mimant à la perfection la stupeur. Il l'aurait applaudie ou giflée.

« Je t'en prie, arrête, répéta-t-il.

— Mais arrête, toi ! — Elle criait presque : Qu'est-ce que c'est que cette histoire de moustache ? »

Il prit sa main, sans douceur, la porta à ses lèvres, appliqua les phalanges un peu raides, crispées, à la place de la moustache. A ce moment, les phares de l'autobus qui arrivait derrière eux les éblouirent. Lâchant la main, il démarra, se déporta au milieu du boulevard.

« Il circule tard, ce bus... », observa-t-il bêtement, pour faire une pause, en pensant à la fois qu'ils avaient quitté tôt Serge et Véronique et que, comme c'était parti, la pause ne servait à rien. Agnès, qui tenait sa scène, revenait déjà à la charge.

« J'aimerais que tu m'expliques. Tu veux te faire pousser la moustache, c'est ça ?

— Mais enfin, touche, bon dieu ! cria-t-il en reprenant sa main, qu'il pressa de nouveau sur sa bouche. Je viens de la raser, tu ne sens pas ? Tu ne vois pas ? »

Elle retira sa main, eut un petit rire bref, moqueur et sans gaieté, qu'il ne lui connaissait pas.

« Tu te rases tous les jours, non ? Deux fois par jour.

— Arrête, merde.

— C'est monotone, comme gag, observa-t-elle sèchement.

— Ta spécialité, non ? »

Elle ne répondit pas, et il pensa qu'il avait touché juste. Il accéléra, décidé à se taire jusqu'à ce qu'elle mette fin à cette histoire idiote. C'est le plus intelligent qui s'arrête le premier, se répéta-t-il, mais la phrase avait perdu sa nuance de gronderie affectueuse, s'installait pesamment dans sa tête que les syllabes martelaient avec une sorte d'imbécilité rageuse. Agnès continuait à se taire et, lorsqu'il la regarda à la dérobée, le désarroi de son visage le frappa comme une méchanceté. Jamais il ne l'avait vue ainsi, odieuse et apeurée. Jamais elle n'avait joué la comédie avec cette véhémence. Pas une fausse note, du grand art, et pourquoi ? Pourquoi faire ça ?

Ils restèrent silencieux le reste du trajet, dans l'ascenseur aussi et même une fois entrés dans la chambre où ils se dévêtirent chacun de son côté, sans se regarder. De la salle de bains où il se brossait les

28

dents, il l'entendit rire, d'une manière qui appelait une question, et il ne la posa pas. Mais au son de ce rire, sans hargne, presque pouffé, il devina qu'elle voulait faire machine arrière. Et quand il revint dans la chambre, elle lui souriait, déjà couchée, avec une expression de timidité rouée, repentante et sûre du pardon qui rendait presque inimaginable celle qu'il avait surprise dans la voiture. Elle regrettait ; bien sûr, il allait se montrer bon prince.

« A mon avis, dit-elle, Serge et Véronique sont déjà réconciliés. On pourrait peut-être faire comme eux.

— C'est une idée », répondit-il en souriant à son tour, et il se glissa dans le lit, la prit dans ses bras, à la fois soulagé qu'elle dépose les armes et soucieux d'avoir le triomphe modeste. Les yeux fermés déjà, serrée contre lui, elle émit un petit grognement de plaisir et pressa son épaule de la main comme pour donner le signal du sommeil. Il éteignit la lumière.

« Tu dors ? » dit-il un peu plus tard.

Elle répondit immédiatement, à voix basse mais distincte :

« Non.

— A quoi penses-tu ? »

Elle rit doucement, comme avant de se coucher.

« A ta moustache, bien sûr. »

Il y eut un moment de silence, un camion passa dans la rue, faisant trembler les vitres, puis elle reprit, hésitante :

« Tu sais, tout à l'heure, dans la voiture.

— Oui ?

— C'était drôle, mais j'ai eu l'impression que si tu continuais... j'allais avoir peur. »

Silence. Il avait les yeux grands ouverts, certain qu'elle aussi.

« J'ai eu peur », murmura-t-elle.

Il déglutit sèchement.

« Mais c'est toi qui as continué...

— S'il te plaît, implora-t-elle en serrant sa main aussi fort que possible. Je t'assure, ça me fait peur.

— Alors ne recommence pas », dit-il en l'enlaçant, avec l'espoir inquiet de calmer la machine, qu'il sentait prête à se remettre en marche. Elle le sentit aussi, s'arracha à son étreinte d'un geste violent, alluma la lumière.

« C'est toi qui recommences, cria-t-elle. Ne fais plus jamais ça ! »

Il vit qu'elle pleurait, la bouche affaissée, le dos secoué de frissons. Impossible de simuler ça, pensa-t-il affolé, impossible qu'elle ne soit pas sincère. Impossible aussi qu'elle le soit, ou alors elle perdait la raison. Il la saisit aux épaules, bouleversé par son tremblement, par la contraction de ses muscles. La frange cachait ses yeux, il la releva, dégageant le front, prit son visage entre ses mains, prêt à tout pour qu'elle cesse d'avoir mal. Elle bégaya :

« Qu'est-ce que c'est que cette histoire de moustache ?

— Agnès, murmura-t-il, Agnès, je l'ai rasée. Ce n'est pas grave, ça repoussera. Regarde-moi, Agnès. Qu'est-ce qui se passe ? »

Il répétait chaque mot, doucement, chantonnant

presque tout en la caressant, mais elle s'écarta de nouveau, les yeux écarquillés, comme dans la voiture, la même progression.

« Tu sais bien que tu n'as jamais eu de moustache. Arrête ça, s'il te plaît. » Elle criait : « S'il te plaît. C'est idiot, s'il te plaît, ça me fait peur, arrête ça... Pourquoi fais-tu ça ? » chuchota-t-elle pour finir.

Il ne répondit pas, accablé. Que pouvait-il lui dire ? D'interrompre ce cirque ? Pour reprendre le dialogue de sourds ? Que se passait-il ? Des blagues déroutantes, qu'elle faisait parfois, lui revenaient à l'esprit, l'histoire de la porte murée... Soudain, il repensa au dîner chez Serge et Véronique, à leur obstination à feindre de ne rien voir. Que leur avait-elle dit, et pourquoi ? Que voulait-elle ?

Ils avaient souvent les mêmes idées en même temps. Ça ne rata pas et, à l'instant où elle ouvrit la bouche, il comprit que l'avantage reviendrait à celui qui poserait la question le premier. A elle, donc.

« Si tu t'étais rasé la moustache, Serge et Véronique l'auraient remarqué, non ? »

Imparable. Il soupira :

« Tu leur as dit de faire semblant. »

Elle le fixa, pupilles dilatées, bouche béante, aussi visiblement horrifiée que s'il la menaçait avec un rasoir.

« Tu es fou, siffla-t-elle. Complètement fou. »

Il ferma les yeux, paupières serrées au point de se faire mal sur l'espoir absurde, quand il les rouvrirait, qu'Agnès serait endormie, le cauchemar passé. Il l'entendit bouger, repousser les draps, elle se levait. Et si elle était folle, si elle avait une hallucination, que faire? Entrer dans son jeu, prononcer des paroles apaisantes, la bercer en disant : « Mais oui, tu as raison, je n'ai jamais eu de moustache, je te faisais marcher, pardonne-moi... »? Ou bien lui prouver qu'elle délirait? L'eau coula dans la salle de bains. Quand il ouvrit les yeux, elle s'approchait du lit, un verre à la main. Elle avait enfilé un tee-shirt et semblait plus calme.

« Écoute, dit-elle, on va téléphoner à Serge et Véronique. »

Cette fois encore, elle le devançait, assurait son avantage en faisant une proposition d'une certaine façon raisonnable, qui le plaçait, lui, en position de défense. Et si elle les avait persuadés de concourir à la mystification, s'ils avaient persévéré pendant tout le dîner, rien n'assurait qu'ils ne s'y tiendraient pas au téléphone. Mais pourquoi? Pourquoi? Il ne comprenait pas.

« A cette heure? » demanda-t-il, conscient de commettre une faute, d'avancer un prétexte de convention futile pour se dérober à une épreuve qu'il prévoyait dangereuse pour lui.

« Je ne vois pas d'autre solution. » Sa voix, soudain, reprenait de l'assurance. Elle tendit la main vers le téléphone.

« Ça ne prouvera rien, murmura-t-il. Si tu les as prévenus... »

Il regretta, à peine formulée, cette précaution défaitiste et, soucieux de reprendre l'initiative par un acte d'autorité, s'empara lui-même de l'appareil. Agnès, assise au bord du lit, le laissa faire sans protester. Ayant formé le numéro, il compta quatre sonneries, puis on décrocha, il reconnut la voix ensommeillée de Véronique.

« C'est moi, dit-il avec brusquerie. Désolé de te réveiller, mais j'ai un renseignement à te demander. Tu te rappelles ma tête ? Tu l'as bien vue ce soir ?

— Hon, fit Véronique.

— Tu n'as rien remarqué ?

— Pardon ?

— Tu n'as pas remarqué que je ne portais plus de moustache ?

— Tu déconnes ou quoi ? »

Agnès, qui avait pris l'écouteur, fit un geste qui signifiait clairement : « Tu vois bien... » et dit, impatientée : « Passe-la-moi. » Il lui tendit le combiné, dédaignant l'écouteur qu'elle lui offrait en échange, pour bien marquer le peu de valeur qu'il attachait à un test de toute manière truqué.

« Véronique ? » dit Agnès. Un temps, puis elle reprit : « Justement, je te le demande. Écoute : suppose que je t'ai fait jurer de dire, quoi qu'il arrive, qu'il n'a jamais eu de moustache. Tu me suis ? »

Elle agita l'écouteur dans sa direction, comme pour lui ordonner de le prendre et, furieux contre lui-même, il obéit.

« Bien, continua-t-elle. Si je t'ai demandé ça, considère que c'est annulé, oublie tout et réponds-moi franchement : oui ou non, est-ce que tu l'as déjà vu avec une moustache ?

— Non. Évidemment non. Et puis... »

Véronique s'interrompit, on entendit la voix de Serge sur fond de grésillement, puis une sorte d'aparté, main posée sur le combiné, enfin Serge prit l'appareil :

« Vous avez l'air de bien vous amuser, dit-il, mais nous, on dort. Salut. »

Ils entendirent le déclic, Agnès raccrocha lente ment.

« On s'amuse bien, en effet, commenta-t-elle. Tu vois ? »

Il la regarda, égaré.

« Tu leur as dit.

— Appelle qui tu veux. Carine, Paul, Bernard quelqu'un à ton agence, n'importe qui. »

Elle se leva, prit un carnet d'adresses sur la table basse et le jeta sur le lit. Il comprit qu'en le ramassant, en le feuilletant, en cherchant quelqu'un d'autre à appeler, il reconnaîtrait sa défaite, même si c'était absurde, impossible. Quelque chose, ce soir, s'était détraqué, qui l'obligeait à prouver l'évidence et ses preuves n'étaient pas probantes, Agnès les avait faussées. Il se méfiait du téléphone à présent, pressentant sans pouvoir en imaginer les modalités une conspiration où il tenait sa place, un gigantesque canular pas drôle du tout. Tout en rejetant l'hypothèse extravagante selon laquelle Agnès aurait appelé tous les amis figurant dans son carnet d'adresses pour leur faire jurer sous un prétexte quelconque d'assurer, quoi qu'elle dise, même si elle les pressait de se rétracter, qu'il n'avait jamais porté de moustache, il devinait qu'en appelant Carine, Bernard, Jérôme, Samira, il obtiendrait la même réponse, qu'il fallait repousser cette ordalie, quitter ce terrain miné et se reporter sur un autre où il aurait l'initiative, une possibilié de contrôle.

« Écoute, dit-il, nous avons bien des photos quelque part. Celles de Java, tiens. »

Sortant du lit, il fouilla dans le tiroir du secrétaire, en retira le paquet des photos de leurs dernières vacances. Ils figuraient tous deux sur bon nombre d'entre elles.

« Alors ? » dit-il en lui en tendant une.

Elle jeta un coup d'œil, leva les yeux sur lui, la lui rendit. Il la regarda : c'était bien lui, vêtu d'une chemise de batik, les cheveux collés sur le front par la sueur, souriant et moustachu.

« Alors ? » répéta-t-il.

Elle ferma les yeux à son tour, les rouvrit, répondit d'une voix lasse : « Qu'est-ce que tu veux prouver ? »

Il voulut dire « arrête », encore une fois, argumenter, mais se rappela, soudain épuisé lui aussi, que tout allait recommencer, revenir à la case départ, c'est le plus intelligent qui s'arrête le premier, autant baisser les bras, attendre que ça passe.

« O.K., dit-il en laissant tomber la photo sur la moquette.

— Dormons », dit Agnès.

D'une petite boîte en cuivre, disposée sur la table de chevet, elle sortit une plaque de somnifères, avala un comprimé et lui en donna un, avec le verre d'eau. Il la rejoignit sur le lit, éteignit la lumière, ils ne se touchaient pas. Un peu après, elle effleura le dos de sa main, sous les draps, et il caressa la sienne du bout des doigts, quelques instants. Il sourit machinalement, dans le noir. Au repos, l'esprit abandonné, glissant vers le sommeil, il ne parvenait plus vraiment à lui en vouloir, elle y allait fort, mais c'était elle, il l'aimait ainsi, avec son grain de folie, comme quand elle téléphonait à une amie en disant : « Mais qu'est-ce qui se passe ?... Eh bien, ta porte..., oui, ta porte, comment, tu n'as pas vu ?... Je t'assure, à la place de ta porte, en bas, il y a un mur de briques... Mais non, plus de porte... Mais si, je te jure, je suis à la cabine du carrefour... Si, des briques... », et ainsi de suite, jusqu'à ce que l'amie, incrédule mais quand même troublée, descende dans le hall de son immeuble, remonte ensuite appeler Agnès chez elle et dire : « Ah, c'est malin ! » « C'est malin... », murmura-t-il très bas, pour lui-même, et ils s'endormirent.

Il se réveilla à onze heures du matin, la tête lourde et la bouche pâteuse, à cause du somnifère. Sous le réveil, Agnès lui avait laissé un mot : « A ce soir. Je t'aime. » Les photos de Java gisaient, éparpillées sur la moquette au pied du lit, il en ramassa une qu'il regarda longuement : Agnès et lui, vêtus de clair, serrés l'un contre l'autre dans un cyclopousse dont le conducteur, derrière eux, souriait de toutes ses dents rougies par le bétel. Il tâcha de se rappeler qui avait pris la photo, sans doute un passant, sur leur demande ; chaque fois qu'il confiait ainsi son appareil à un inconnu, il craignait vaguement que celui-ci ne détale à toutes jambes, mais cela ne s'était jamais produit. Il se passa la main sur le visage, comme tuméfié par le sommeil trop lourd. Ses doigts s'attardèrent sur le menton, retrouvant la sensation de picotement familière, hésitant à s'aventurer jusqu'à la lèvre supérieure. Quand enfin il s'y décida, il n'éprouva aucune surprise, car il ne se figurait pas avoir rêvé la veille, mais le contact, pourtant identique à celui des joues, lui fut désagréable. Il regarda de nouveau la photo du cyclopousse, puis se leva et passa dans la salle de bains. Tant qu'à s'être réveillé tard, il allait prendre son temps, s'offrir le luxe d'un bain au lieu de son habituelle douche matinale.

Pendant que l'eau coulait, il téléphona à l'agence pour dire qu'il arriverait en début d'après-midi. Cela posait d'autant moins de problème, paradoxalement, qu'ils étaient en pleine charrette et travaillaient plutôt tard le soir. Il faillit interroger Samira au sujet de sa moustache, mais se ravisa : ça suffisait comme ça, les puérilités.

Il ne se rasa pas dans son bain, mais devant le lavabo, en prenant soin de ne pas toucher aux poils naissants de sa moustache que, décidément, il laisserait repousser. La preuve était faite qu'il ne s'aimait pas sans.

Dans la baignoire, il réfléchit. Sans lui en vouloir vraiment, il comprenait mal l'obstination d'Agnès à persévérer dans un canular dont la drôlerie, honnêtement, s'épuisait au bout de cinq minutes. Bien sûr, comme il le lui avait dit, les plaisanteries tordues étaient une de ses spécialités. Sans même parler du coup de la porte murée, qu'il avait trouvé carrément morbide, sa façon de mentir l'avait toujours étonné. Agnès, comme tout le monde, pratiquait à l'occasion de petits mensonges intéressés, pour s'excuser de ne pouvoir venir à un dîner ou de n'avoir pas fini un travail à temps, mais au lieu de dire par exemple qu'elle était malade, que sa voiture venait de tomber en panne ou qu'elle avait égaré son agenda, mettait une conviction totalement disproportionnée à soutenir, plutôt que des arguments bidon mais vraisemblables, des contrevérités manifestes. Si un ami avait attendu son coup de fil tout l'après-midi, chez lui, elle ne disait pas qu'elle avait oublié, que le téléphone sonnait occupé ou ne répondait pas, ce qui pouvait après tout laisser supposer qu'il était en dérangement, mais assurait, les yeux dans les yeux, à l'ami en question qu'elle l'avait bien appelé, qu'elle lui avait parlé, ce qu'il savait pertinemment être faux et obligeait, soit à imaginer qu'à la suite d'une erreur, et pour une raison mystérieuse, un inconnu s'était fait passer pour l'interlocuteur qu'il n'était pas, soit à accuser cet interlocuteur de mensonge, ce qu'Agnès ne manquait pas de faire implicitement, en tablant sur l'invraisemblance de l'explication comme gage de sa sincérité. Pourquoi, en effet, inventer une excuse aussi saugrenue ? Cette stratégie désorientait, elle s'en vantait d'ailleurs, après coup, racontait autour d'elle ce genre d'exploits, mais lorsqu'une de ses victimes, pour la confondre, lui rappelait ces aveux, elle répondait que oui, elle le faisait souvent, mais là non, elle le jurait, elle ne mentait pas, et elle s'y tenait si bien qu'on était forcé, sinon de la croire, du moins de capituler en bougonnant, faute de quoi la discussion pouvait s'éterniser sans qu'elle dévie jamais de sa thèse. L'hiver précédent, ils avaient passé un week-end à la campagne, chez Serge et Véronique, dans une maison au chauffage assez vétuste, où les chambres ne pouvaient être maintenues à une température raisonnable que si chaque radiateur fonctionnait seulement à mi-régime, sans quoi les plombs sautaient. La frileuse Agnès avait évidemment commencé par pousser le radiateur de leur chambre au maximum, évidemment les plombs avaient sauté. Elle ne s'était pas découragée mais, après trois coupures de courant successives, après trois sermons où Serge lui avait représenté la nécessité de sacrifier un peu de son confort à l'intérêt collectif, semblait s'être enfin résignée. Les hôtes du week-end avaient passé dans la grande salle commune une soirée paisible qu'aucun incident n'était venu troubler, même après qu'Agnès fut allée se coucher, la première. Chacun s'attendait à dormir dans une pièce décemment chauffée, d'où consternation générale en découvrant des radiateurs éteints, des chambres glaciales. Le doute n'était pas permis, le forfait signé : après avoir endormi la méfiance de ses compagnons de week-end, Agnès avait traîtreusement coupé le chauffage à tous les autres afin de pouvoir monter le leur au maximum et se prélassait dans une étuve où, semblait-il, elle n'imaginait pas un instant que ses victimes furieuses viendraient la réveiller pour lui demander des comptes. Jusqu'au bout, contre toute vraisemblance, elle plaida non coupable, s'indignant qu'on la soupçonne d'une action aussi noire. « Alors, qui l'a fait ? » répétait Véronique, exaspérée. « Je ne sais pas, pas moi en tout cas » et elle ne voulut jamais en démordre. On avait fini par en rire, elle aussi, mais sans avouer, sans même fournir d'explication de rechange telle que dérèglement de la chaudière ou intrusion d'un cambrioleur qui se serait amusé à tripoter les boutons des radiateurs

De fait, considéré froidement, le coup de la moustache n'était ni plus ni moins étonnant que celui-ci, ou celui des briques. La différence tenait à ce qu'ils l'avaient tous deux poussé plus loin, qu'il lui avait emboîté le pas jusqu'à l'hostilité, et aussi à ce qu'il était cette fois la victime. D'ordinaire, elle le rendait tacitement complice de sa mauvaise foi sans réplique, pour laquelle il montrait une indulgence affectueuse, admirative même. Bizarre d'ailleurs, pensa-t-il, qu'en cinq ans de vie commune elle ne lui ait jamais appliqué ce traitement, comme s'il représentait à ses yeux un tabou. Pas si bizarre, en fait. Il savait très bien qu'il y avait deux Agnès : l'une sociable, brillante, toujours en représentation, dont les foucades, le comportement imprévisible finissaient par séduire à force de naturel et, même s'il ne l'avouait pas, le rendaient très fier d'elle ; l'autre connue de lui seul, fragile et inquiète, jalouse aussi, capable de fondre en larmes pour un rien, de se pelotonner dans ses bras, et qu'il consolait. Elle avait son autre voix alors, hésitante, mièvre presque, qui l'aurait agacé en public mais témoignait, dans l'intimité de leur couple, d'un abandon bouleversant. En y réfléchissant, dans l'eau qui refroidissait, il comprenait avec déplaisir ce qui l'avait le plus troublé dans la scène de la veille : pour la première fois, Agnès avait introduit un des numéros de son cirque mondain dans leur sphère protégée. Pire encore, afin de lui donner plus de poids, elle avait exploité pour faire ce numéro le registre de voix, d'intonations, d'attitudes, réservé au domaine tabou où cessait en principe toute comédie. Violant une convention jamais formulée, elle l'avait traité comme un étranger, inversant les positions en sa défaveur avec toute la virtuosité acquise à force de pratiquer ce sport, et de façon presque haineuse : il se rappelait son visage chaviré d'angoisse, ses larmes. Elle avait vraiment paru effrayée, elle l'avait vraiment, en toute conviction, accusé de la persécuter, de l'effrayer délibérément, sans raison. Sans raison, justement... Pourquoi avait-elle fait cela ? De quoi voulait-elle le punir ? Pas d'avoir rasé sa moustache, tout de même. Il ne la trompait pas, ne la trahissait en rien, et l'examen de sa conscience ne le rassurait pas, impliquant qu'elle sanctionnait une faute que lui-même ignorait. A moins qu'elle n'ait voulu le tourmenter gratuitement ou, plus vraisemblablement, qu'elle ne se soit pas rendu compte. Lui-même, du reste, ne s'en rendait vraiment compte que maintenant, à tête reposée. Il fallait faire la part de l'ivresse légèrement perverse qu'on doit éprouver à manipuler quelqu'un, à le faire tourner sur lui-même, de plus en plus vite, jusqu'au moment de lui rendre son aplomb et de dire : « C'était bien, non ? » Mais vraiment, elle y était allée fort en s'assurant contre lui, même sous prétexte de farce, la complicité de Serge et Véronique. Qu'ils aient accepté, eux, tenu leur rôle comme elle le demandait, c'était compréhensible, ils pensaient se prêter à un jeu entre eux deux, une de ces plaisanteries privées dont ils étaient coutumiers, et non la première escarmouche sérieuse d'une sorte de guérilla conjugale. Non, il ne fallait pas exagérer. Ils avaient un peu bu, c'était fini, elle ne recommencerait plus. Mais tout de même, sans exagérer, cela faisait mal, c'était une trahison, la première. Son expression bouleversée de la veille repassait devant ses yeux, ses larmes de théâtre, aussi vraies que les vraies, et la faille qu'elles creusaient dans leur confiance mutuelle. Et voilà, pensa-t-il, j'exagère encore, stop.

Il sortit du bain, s'ébroua, décidé à oublier l'incident. Il se promit de ne jamais le lui reprocher, même s'il y avait motif à reproche... et non, aucun motif, c'était classé, on n'en reparlait plus.

En s'habillant, cependant, il songea qu'il avait été bien stupide, pas seulement d'entrer dans le jeu, mais d'y avoir manqué de présence d'esprit au moment du coup de téléphone. Agnès avait manœuvré pour appeler d'abord Serge et Véronique, puis, sur son objection qu'elle avait pu leur faire la leçon, bluffé en proposant d'appeler n'importe qui d'autre. Et lui, comme un imbécile, avait eu l'impression d'une fatalité qui le ferait désavouer par tout le monde ce soir-là, alors qu'elle n'avait pu, matériellement, prévenir que Serge et Véronique. Depuis le moment où, avant de partir dîner, elle l'avait vu avec sa moustache coupée, ils ne s'étaient quittés que dix minutes, le temps qu'il se gare. Elle avait mis ce délai à profit pour sermonner Serge et Véronique, mais il était exclu qu'elle ait aussi fait la tournée téléphonique de tous leurs amis pour leur donner la consigne. Il s'était fait avoir. D'autant que ce matin, si elle voulait, elle avait tout le temps de mettre dans son camp, un par un, tous les gens qu'ils connaissaient. L'idée, à peine éclose, le fit sourire : le simple fait de l'avoir eue, d'imaginer Agnès tissant une conspiration téléphonique pour les besoins d'un canular éventé... Tiens, il le lui dirait, elle en rirait aussi et peut-être, par ce biais plaisant, comprendrait-elle sans qu'il ait à faire aucun reproche à quel point ce qu'elle pensait être une blague innocente avait pu l'affecter. Mais non, mieux valait qu'elle ne perde pas la face, si peu que ce fût ; il ne le lui dirait pas, il n'en reparlerait plus, c'était fini.

Il comprit, en arrivant à l'agence, que ce n'était pas fini. Penchés sur une maquette, Jérôme et Samira levèrent la tête en l'entendant entrer, mais n'eurent aucune réaction. Jérôme lui fit signe d'approcher, l'instant d'après ils étaient tous les trois en train de répartir la tâche, car le client voulait que le projet lui soit présenté le lundi suivant et qu'on était encore loin du compte, il allait falloir mettre un coup de collier.

« J'ai un dîner ce soir, expliqua Samira, mais je me débrouillerai pour repasser après. » Il la regarda droit dans les yeux, elle sourit, lui ébouriffa gentiment les cheveux de la main et ajouta : « Dis donc, tu n'as pas l'air très frais, tu dois faire des folies de ton corps, toi. » Puis le téléphone sonna, elle saisit le combiné et, comme Jérôme avait quitté la pièce, il se retrouva seul, stupide, les doigts tâtonnant sur les ailes du nez. Il prit place devant sa table, commença d'examiner les plans qu'il empêchait de s'enrouler avec le plat de la main. Puis il les bloqua en plaçant sur les coins des cendriers et des vide-poches et travailla. Il répondit plusieurs fois au téléphone, l'esprit ailleurs, incapable de construire avec les pensées, toutes précises, qui flottaient dans sa tête, une hypothèse qu'il aurait voulue aussi cohérente, fonctionnelle et anodine que le bâtiment social dont le projet les mobilisait. Est-ce qu'Agnès les avait appelés, eux aussi ? Absurde et surtout il voyait mal Jérôme ou Samira, débordés de travail, se laissant expliquer le rôle qu'ils devaient tenir dans une plaisanterie idiote. Ou bien, à la rigueur, ils auraient dit « d'accord », n'y auraient plus pensé et, à son arrivée, auraient tout de même montré leur surprise. Est-ce que, tout simplement, ils ne remarquaient rien ? De fréquentes visites aux toilettes, dans le cours de l'après-midi, des stations prolongées devant le miroir surmontant le lavabo l'assurèrent que, même distraits, même myopes, et ils ne l'étaient d'ailleurs pas, des gens avec qui il travaillait tous les jours depuis deux ans, qu'il voyait souvent, à titre amical, en dehors de l'agence, ne pouvaient pas ignorer le changement survenu dans son apparence. Mais le ridicule de poser la question l'arrêtait.

Vers huit heures, il téléphona à Agnès pour dire qu'il rentrerait tard. « Ça va ? demanda-t-elle.

— Ça va. Du boulot par-dessus la tête, mais ça va. A plus tard. »

Il ne parla guère, sinon avec Jérôme, un quart d'heure, de la maquette. Le reste du temps, chacun resta rivé à sa table, l'un fumant comme un sapeur, l'autre caressant à rebrousse-poil sa lèvre supérieure. Le manque de tabac lui pesait plus que d'habitude. Mais, une fois fumée son unique cigarette quotidienne, économisée sur le déjeuner qu'il n'avait pas pris, il se raisonna. Il connaissait trop bien le cycle qui avait eu raison de ses résolutions précédentes : d'abord on demande des bouffées autour de soi, puis, une fois de temps en temps, une cigarette entière, puis Jérôme arrivait à l'agence avec un paquet de plus, clignant de l'œil et disant : « Tu te sers, mais tu arrêtes de m'emmerder » et, au bout d'une semaine, il rachetait des paquets. Après deux mois déjà d'abstinence, la fin du tunnel approchait, quoique les pessimistes vous disent toujours qu'il faut compter trois ans avant d'estimer le combat gagné. Tout de même, une cigarette calmerait ses nerfs, l'aiderait à se concentrer sur son travail. Il y pensait autant qu'à sa moustache, à la comédie qu'on lui jouait, en venait à associer le contact du filtre sur ses lèvres, le goût de la fumée, à la résolution du banal mystère qui l'obsédait et, du même coup, à un regain d'intérêt pour les plans étalés devant lui. Il finit par en demander une à Jérôme qui, trop absorbé, lui tendit le paquet sans même plaisanter et, bien sûr, il n'en tira aucun des bénéfices qu'il s'en promettait. Son esprit continuait à battre la campagne.

Un peu avant onze heures, Samira, qui s'était éclipsée pour aller à son dîner, téléphona pour demander qu'on lui ouvre dans dix minutes : l'agence donnait sur l'arrière-cour d'un immeuble dont la porte d'entrée fermait à partir de huit heures et ne comportait ni code ni interphone. Il pensa à l'histoire des briques et, saisissant l'occasion, sortit en s'étirant pour attendre Samira dans la rue. Il pleuvait, le bureau de tabac, en face, allait fermer. Il traversa, entra en se glissant sous le rideau de fer à demi abaissé et demanda des cigarettes. Pour Jérôme, bien sûr, qui serait bientôt à court. Le patron comptait l'argent dans sa caisse et, l'ayant reconnu d'un bref coup d'œil, le salua. Il se regarda dans la glace, entre les bouteilles alignées sur les étagères, s'adressa à lui-même un sourire fatigué. Le patron, qui levait la tête à ce moment, le lui rendit machinalement, avec la monnaie.

Dans la rue, il fuma une autre cigarette, furieux contre lui-même, l'écrasa en voyant arriver Samira. Elle brandissait une bouteille de vodka, qu'elle avait achetée en venant. « On va en avoir besoin, j'ai l'impression », dit-elle.

La porte cochère franchie, il appuya sur l'interrupteur mais la minuterie devait être détraquée car la lumière ne vint pas. Au moment d'entrer dans la cour, en vue de la baie éclairée derrière laquelle on pouvait voir le dos de Jérôme, penché sous la lampe d'architecte, il retint Samira par le bras.

« Attends. »

Elle s'immobilisa, sans se retourner vers lui. Peut-être croyait-elle qu'il voulait l'embrasser, il aurait pu placer les mains sur ses épaules, approcher les lèvres de sa nuque, elle se serait probablement laissé faire.

« Agnès t'a appelée ? demanda-t-il d'une voix mal assurée.

— Agnès ? Non, pourquoi ? »

Pivotant d'un quart de tour, elle le regarda, étonnée.

« Ça ne va pas ? Qu'est-ce qu'il y a ?

— Samira... »

Il respira très fort, cherchant ses mots.

« Si Agnès t'a appelée, je t'en prie, dis-le-moi. C'est important. »

Elle secoua la tête.

« Tu as des ennuis avec Agnès ? Tu as une drôle de tête.

— Tu ne remarques rien ?

— Si, tu as une drôle de tête. »

Il fallait qu'il se force à poser la question, explicitement. Si ridicule que cela paraisse. Samira s'était rapprochée, attentive, déjà compatissante, difficile de croire qu'elle jouait la comédie. Il aurait voulu leur dire d'arrêter, tous, qu'il en avait assez. Il s'assit sur les premières marches de l'escalier qui desservait l'immeuble donnant sur la rue, se prit la tête entre les mains. Le froissement de l'imperméable, le craquement du bois l'informèrent qu'elle s'asseyait à côté de lui. Elle dit : « Qu'est-ce qui ne va pas ? », le bouton de la minuterie cassée luisait faiblement derrière son épaule. Il se releva en s'ébrouant.

« Ça va passer. Je crois que je vais rentrer. »

Puis : « Ne dis rien à Jérôme », dit-il avant de pousser la porte du bureau, en s'effaçant pour la laisser passer.

Il alla chercher son manteau, dit qu'il ne se sentait pas bien, qu'il reviendrait le lendemain pour terminer, Jérôme bougonna sans vraiment l'écouter, il lui serra la main, embrassa Samira en lui serrant fortement l'épaule pour dire ne t'inquiète pas, c'est juste un passage à vide, il sortit, se retrouva dans la rue déserte, le tabac était fermé à présent. En glissant la main dans la poche de sa veste, il trouva les cigarettes achetées pour Jérôme, hésita à revenir à l'agence les lui donner et ne le fit pas.

Agnès, en l'attendant, regardait un vieux film au ciné-club de la télévison. « Ça va ? dit-elle — Ça va », et il s'assit près d'elle, sur le canapé. Le film étant commencé depuis près d'une heure, elle lui résuma le début sur un ton d'amusement paresseux qu'il jugea affecté. Cary Grant jouait un médecin dynamique qui tombait amoureux d'une jeune femme enceinte, la sauvait du suicide, lui redonnait goût à la vie et l'épousait. Cependant, jaloux de sa réussite, les autres médecins de la ville où il exerçait menaient une cabale contre lui, fouillant dans son passé où, semblait-il, certains épisodes douteux pouvaient le faire radier de l'Ordre. Il était difficile de savoir si les soupçons à son égard étaient fondés ou non, ce qui rendait vaguement suspecte son idylle douceâtre avec la jeune première : on se demandait s'il l'aimait vraiment ou s'il l'épousait pour mener à bien une quelconque machination. Les deux intri-gues, de toute façon, ne semblaient pas avoir grand rapport. Il les suivait avec une attention hébétée, certain, sans céder au désir de le vérifier, qu'Agnès l'observait du coin de l'œil. Bientôt, il y eut une scène de procès où fut dévoilé le secret de Cary Grant : à ce qu'il comprit, on lui reprochait d'avoir exercé la médecine dans un village voisin où, pour endormir la méfiance des habitants à l'égard du corps médical, il se faisait passer pour boucher, ceci jusqu'au jour où une de ses clientes, qu'il soignait en feignant de lui vendre des steaks, découvrait son diplôme de médecin, s'indignait de la supercherie, et il devait quitter le village sous peine d'être lynché. « C'est fou », gloussa Agnès, lorsqu'il se défendit en expliquant qu'il vendait la viande au prix coûtant, sans tirer aucun bénéfice de cette activité paramédicale. Cary Grant, en outre, avait une sorte d'homme de main, un vieux type aux gestes très lents qui le suivait partout, sans rien dire, jusque dans les salles d'opération Sa présence conférait à ce mélo médical une touche bizarre, comme empruntée à ces films d'épouvante où les savants fous, mais Cary Grant n'avait rien d'un savant fou, sont flanqués d'un bossu grimaçant qui claudique sous l'orage en transportant des cadavres chipés à la morgue. D'autant que le mystérieux assistant, accusé d'être un assassin, se mettait à raconter calmement, dans le détail, qu'il avait eu autrefois un ami et une petite amie, mais s'était aperçu que son ami était également le petit ami de sa petite amie, alors ils s'étaient battus et, en le voyant, lui, rentrer seul au village, couvert de sang, comme on n'avait pas retrouvé le corps de son ami, on l'avait condamné à quinze ans de bagne. « Mais, s'étonnait le juge, on n'a jamais retrouvé le corps ? » « Si, répondait poliment l'assistant, je l'ai retrouvé, moi, quinze ans plus tard, en sortant de prison, derrière la vitrine d'un restaurant où il mangeait une soupe, une soupe de pois, je crois. Je lui ai demandé pourquoi il n'avait pas dit qu'il était vivant et, sa réponse n'étant pas satisfaisante, je l'ai frappé jusqu'à ce qu'il meure, estimant que j'avais payé pour cet acte et qu'il était donc juste que je l'accomplisse. Mais le tribunal n'a pas été de cet avis et, cette fois, j'ai été pendu. » Pendu, puis plus ou moins ressuscité par Cary Grant qui, blanchi par cette touchante explication, ainsi que par le caractère non lucratif de son commerce de viande, triomphait modestement, à la fin du film, en dirigeant avec entrain l'orchestre des joyeux infirmiers de l'hôpital.

Le mot fin apparut, salué par les applaudissements du concert, puis la speakerine vint leur souhaiter une bonne nuit. Ils restèrent cependant assis sur le canapé, côte à côte, les yeux fixés sur l'écran déserté. Agnès passa sur une autre chaîne, mais il n'y avait plus rien. Le film, surtout pris en route, laissait une impression curieuse, on sentait que les divers éléments qui le composaient ne s'accordaient pas ensemble, que l'histoire réaliste et gnangnan de la fille-mère et du souriant docteur jurait avec celle du village de fous où on lynchait le boucher en s'apercevant qu'il était médecin, où les gens commettaient des meurtres après avoir purgé la peine qui les sanctionnait, et il lui semblait presque qu'au lieu de regarder le film ils l'avaient composé tous les deux au fur et à mesure, sans se concerter, ou bien chacun s'efforçant de saper le travail de l'autre, comme on réaliserait un cadavre exquis en désirant qu'il soit raté pour énerver les autres participants. C'était probablement ainsi, songea-t-il, qu'avaient travaillé les scénaristes, en se tirant dans les pattes. La neige continuait à tomber sur l'écran, cela durerait toute la nuit. Il regretta de n'avoir pas de magnétoscope, pour continuer.

« Bon, dit enfin Agnès en appuyant sur la télé-commande et en faisant disparaître la neige, je vais me coucher. »

Il resta un moment assis sur le canapé, pendant qu'elle se déshabillait, disparaissait dans la salle de bains. Il ne s'était pas rasé ce soir, n'avait rien mangé de la journée, ses mains étaient moites. En plus, il avait fumé trois cigarettes. Cependant, il semblait que tout rentrait dans l'ordre, qu'on n'allait plus parler de la moustache et, à tout prendre, cela valait mieux. Agnès traversa le salon, nue. « Tu viens dormir ? dit-elle, de la chambre. J'ai sommeil. » Pourquoi, malgré tout, ne s'expliquait-elle pas ? Si elle avait appelé tous leurs amis dans la journée, il y avait bien une raison, un canular collectif, quelque chose comme une surprise d'anni-versaire, sauf que ce n'était pas son anniversaire. Il avait senti, pendant le film, qu'elle le surveillait, et maintenant elle allait se coucher tranquillement. « Je viens », répondit-il, mais avant de la rejoindre, il se dirigea à son tour vers la salle de bains, saisit sa brosse à dents, la reposa, s'assit sur le rebord de la baignoire, regarda autour de lui. Ses yeux s'arrêtè-rent sous le lavabo, à la petite poubelle de métal dont il souleva le couvercle, du bout du pied. Vide, sauf un bout de coton qui avait dû servir à Agnès pour se démaquiller, tout à l'heure. Évidemment, elle avait fait disparaître les preuves. Il gagna la cuisine, à la recherche d'un sac-poubelle plein, mais il n'y en avait pas.

« Tu as descendu la poubelle ? », cria-t-il, conscient qu'il aurait beau prendre l'air innocent et naturel, sa question paraîtrait forcément cousue de fil blanc.

Pas de réponse. Il retourna dans le salon, répéta sa question.

« Oui, merci, ne t'en fais pas », dit Agnès d'une voix molle, comme si elle dormait déjà. Tournant les talons, il se dirigea vers la porte d'entrée qu'il referma discrètement derrière lui, descendit au rez-de-chaussée, jusqu'au renfoncement, sous l'escalier de service, où on entreposait les poubelles. Vide aussi, la concierge avait déjà dû les sortir sur le trottoir. Oui, d'ailleurs, il les avait remarquées en rentrant de l'agence.

Elles y étaient encore. Il commença à fouiller, à la recherche d'un sac qui pût être le leur. Il en éventra plusieurs, en plastique bleu, avec ses ongles. Curieux comme il est facile de reconnaître sa poubelle, pensa-t-il en tombant sur des bouteilles de yaourt à boire, des emballages froissés de plats surgelés, ordures de nantis, et de nantis bohêmes qui mangent rarement chez eux. Ce constat lui procurait un vague sentiment de sécurité sociologique, celui d'être bien dans sa case, repérable, reconnaissable, et il vida le tout sur le trottoir, avec une sorte d'allégresse. Il trouva vite le sac, plus petit, qu'on plaçait dans la poubelle de la salle de bains, en retira des cotons-tiges, deux tampax, un vieux tube de dentifrice, un autre de tonique pour la peau, des lames de rasoir usagées. Et les poils étaient là. Pas tout à fait comme il l'avait espéré, nombreux mais dispersés alors qu'il imaginait une touffe bien compacte, quelque chose comme une moustache

53

tenant toute seule. Il en ramassa le plus possible, qu'il recueillit dans le creux de sa main. Quand il en eut rassemblé un petit monticule, moins qu'il ne pensait en avoir coupé, mais quand même, il remonta. Il entra sans bruit dans la chambre, la main tendue en coupelle devant lui et, s'asseyant sur le lit à côté d'Agnès apparemment endormie, alluma la lampe de chevet. Elle gémit doucement puis, comme il lui secouait l'épaule, cligna des yeux, grimaça en voyant la main ouverte devant son visage.

« Et ça, dit-il rudement, qu'est-ce que c'est ? »

Elle prit appui sur le coude, plissant les yeux maintenant à cause de la lumière trop vive.

« Qu'est-ce qui se passe ? Qu'est-ce que tu as dans la main ?

— Des poils, dit-il en se retenant de rire méchamment.

— Oh, non ! Non, tu ne vas pas recommencer...

— Les poils de ma moustache, poursuivit-il. Tu peux regarder.

— Tu es fou. »

Elle avait dit cela calmement, comme un constat. Aucune trace de l'hystérie de la veille. Un instant, il pensa qu'elle avait raison ; aux yeux de n'importe quel étranger qui les surprendrait, il avait l'air d'un fou furieux, penché sur sa femme, lui écrasant presque sur la figure une main pleine de poils qu'il était allé récupérer dans une poubelle. Mais peu importait, il avait la preuve.

« Et qu'est-ce que c'est censé prouver ? demanda-t-elle, tout à fait réveillée. Que tu avais une moustache, c'est bien ça ?

54

— C'est ça. »

Elle réfléchit un moment, puis dit en le regardant dans les yeux, doucement et fermement :

« Il faut que tu ailles voir un psychiatre.

— Mais c'est toi, bon dieu, qui dois aller voir un psychiatre ! »

Il marchait de long en large dans la pièce, le poing fermé sur sa touffe de poils. « C'est toi qui téléphones à tout le monde pour qu'on fasse semblant de ne se rendre compte de rien ! Qui est-ce qui a prévenu Serge et Véronique ? et Samira ? et Jérôme ?... » Il allait ajouter : « ... et le patron du tabac », mais se retint.

« Tu te rends compte, demanda posément Agnès, de ce que tu es en train de raconter ? »

Il se rendait compte, oui. Ça ne tenait pas debout, bien sûr. Mais rien ne tenait debout.

« Et ça, alors ? répéta-t-il en ouvrant de nouveau sa main, comme pour se convaincre lui-même. C'est quoi, ça ?

— Des poils, répondit-elle. Puis elle soupira : Les poils de ta moustache, que veux-tu que je te dise ? Laisse-moi dormir, maintenant. »

Il claqua la porte, se tint un moment debout au milieu du salon à regarder ses poils, puis s'étendit sur le canapé. Il sortit de sa poche le paquet de cigarettes acheté pour Jérôme, les retira une à une pour y ranger les poils. Ensuite, il fuma une cigarette, attentif aux volutes de la fumée, mais elle n'avait pas de goût. Machinalement, il ôta ses vêtements qu'il jeta par terre, sur la moquette, alla chercher une couverture dans le placard du couloir et décida d'essayer de dormir sans penser à rien.

C'était la première fois qu'ils faisaient chambre à part : leurs querelles, lorsqu'ils en avaient, se déroulaient dans le lit conjugal, comme l'amour, et n'en différaient guère. Cette séparation nocturne le troublait plus encore que la mauvaise foi hostile dont faisait preuve Agnès. Il se demandait si elle allait venir le rejoindre pour faire la paix, se blottir dans ses bras, le rassurer et se laisser rassurer par lui en disant « c'est fini, c'est fini », en le répétant longtemps, jusqu'à ce qu'ils s'endorment tous les deux, et ce serait vraiment fini. Incapable de dormir, il se représentait la scène : il entendrait d'abord la porte de la chambre, tirée très doucement, ses pas sur la moquette, qui se rapprocheraient du canapé, puis elle entrerait dans son champ de vision, s'agenouillerait à hauteur de son visage, et il tendrait la main pour caresser ses seins, remonter le long de son cou, vers sa nuque. Elle se coucherait près de lui, répéterait « c'est fini », et lui se répétait tout cela, reprenait depuis le début, depuis le bruit de la porte. Il lui semblait entendre ses pas fouler la moquette, il aurait voulu embrasser ses orteils, ses talons, ses mollets, l'embrasser tout entière. Dans cette version-là, il se levait même pour aller à sa rencontre, dans la pâle clarté venue de la fenêtre. Ils se faisaient face, debout, nus, bientôt l'un contre l'autre, et c'était fini. Ou encore il se tenait déjà debout, à l'attendre, tout près de la porte. Il pourrait même aller la rejoindre, lui, étrange qu'il n'y ait pas pensé plus tôt, il allait se lever... Mais non, il ne pouvait

pas, s'il le faisait tout allait recommencer, il penserait au paquet vidé de ses cigarettes, poserait des
questions, on n'en sortirait pas. Mais si elle venait,
elle, qu'est-ce que ça changerait ? Le paquet plein de
poils serait toujours là, sur la table basse, témoin de
la scène grotesque qu'elle l'avait obligé à faire, il
faudrait bien qu'ils en reparlent. Et s'ils n'en
reparlaient plus, jamais plus, s'il se rendait, disait
d'accord, je n'ai jamais eu de moustache, si ça te fait
plaisir ?... Mais non, ça non plus, il ne fallait pas le
dire, seulement ne plus en parler, il n'en parlerait
pas, ni elle non plus, elle viendrait juste se coucher
contre lui, être chaude contre lui, il répétait la scène
à nouveau, la variait, sentait son corps, et c'est
exactement ce qui se passa, il n'en fut pas surpris,
elle avait pensé, désiré la même chose que lui, au
même moment, tout rentrait dans l'ordre. La porte
s'ouvrait, très doucement, ses orteils, ses talons
effleuraient la moquette. Il entendait maintenant le
tic-tac du réveil, c'était le seul bruit dans la pièce,
avec leurs souffles à eux, légers, confondus enfin
lorsque agenouillée devant le canapé elle effleura ses
lèvres, respira plus fort quand il saisit ses seins,
promena ses mains le long de ses flancs, sur ses
hanches, sur ses fesses, entre ses fesses, et son
souffle devenait une douce plainte, elle balayait son
épaule de ses cheveux, embrassait son épaule,
mordait son épaule, il sentait couler sur son épaule
sa salive et ses larmes, et il pleurait aussi, l'attirait
tout entière dans ses bras pour qu'elle s'allonge,
mêle ses jambes aux siennes, s'écarte et fasse peser
ses seins sur sa bouche, se redresse, cambrée, avance

son ventre vers sa bouche qui l'embrassait maintenant, embrassait l'intérieur de ses cuisses, les tendons qui reliaient ses cuisses à son sexe où il plongeait la langue, enfoncée le plus loin possible, un instant sortie pour sucer ses lèvres, replongée à nouveau dans la joie de l'entendre gémir au-dessus de lui, lever les bras pour mieux s'ouvrir, les rejeter en arrière, derrière son dos, pour prendre dans ses mains son sexe à lui, le faire aller et venir entre ses doigts pendant qu'il la suçait, la faisait crier, criait lui aussi en elle, certain qu'elle l'entendait, que ses plaintes vibraient à l'intérieur d'elle comme les cordes vocales dans sa bouche, et sa bouche à lui ne pouvait être ailleurs, ne serait jamais plus ailleurs, quoi qu'il arrive, il le lui répétait, bouche en elle, nez en elle, front en elle, oreilles ouvertes aux cris qui s'échappaient d'elle, et elle criait « c'est toi, c'est toi », le répétait, le lui faisait répéter en même temps qu'elle, en elle, de plus en plus fort, c'était lui, c'était elle, et, le criant, il voulait la voir crier ça, ses mains quittaient les hanches, montaient vers son visage, il écartait les cheveux, la regardait dans l'ombre, au-dessus de lui, les yeux ouverts, la prenait aux épaules, la renversait dos contre son ventre, sexe dans sa bouche, cheveux entre ses jambes arc-boutées, tous deux formant un pont, de plus en plus tendu, de plus en plus arqué au-dessus du canapé, dans la nuit, et ils tombèrent par terre en répétant c'est toi, se roulèrent, agenouillés maintenant, face à face, mains tendues effleurant le visage, en relevant les contours, les larmes roulaient sur leurs mains, sur leurs joues, elle dit viens, l'attira

58

vers elle, en elle, ils se tiraient les cheveux, se mordaient en baisant, ensemble dans son ventre, mordaient les mots entre leurs dents qui brillaient dans l'ombre : toi, c'est toi, toujours toi, ils ne disaient rien d'autre, toujours sur le même ton, il n'y avait que ça à dire, même muets ils l'auraient dit, leurs yeux s'ouvraient plus grand encore que leurs bouches, pour se reconnaître, être sûrs, sûrs de l'être et que l'autre l'était, sûrs d'être là, nulle part ailleurs, jamais plus ailleurs, jamais plus un autre, seulement toi, toi, c'est bien toi, ils continuèrent à le dire plus doucement, longtemps après avoir joui, mélangés, en sueur, jusqu'à ce qu'en soupirant, en souriant, en l'aimant, elle tende la main, à tâtons, vers le paquet de cigarettes et qu'il retienne sa main et dise non.

Docilement, sans demander d'explication, elle interrompit son geste. Puis ils parlèrent, serrés l'un contre l'autre sous la couverture, jusqu'au matin. Elle dit, mais il le savait déjà, qu'elle ne le faisait pas marcher. Elle le jura, et il répondit qu'elle n'avait pas besoin de jurer, qu'il en était sûr, même si ce genre de choses était dans ses habitudes. Dans ses habitudes, oui, mais pas avec lui, pas comme ça, pas cette fois, il fallait qu'il la croie, qu'elle le croie. Bien sûr ils se croyaient, ils se croyaient vraiment, mais alors que croire ? Qu'il devenait fou ? Qu'elle devenait folle ? Ils se serraient plus fort en osant dire cela, se léchaient, ils savaient qu'il ne fallait pas arrêter de faire l'amour, de se toucher, sans quoi ils ne pourraient plus se croire ni même en parler. Le lendemain matin, s'ils se séparaient, tout risquait de recommencer, ne pouvait que recommencer. Ils flancheraient, forcément, douteraient à nouveau l'un de l'autre. Elle dit qu'à première vue, tout cela semblait impossible, mais que c'était peut-être une chose qui arrivait parfois. Mais à qui? A personne, ils ne connaissaient personne, n'avaient entendu parler de personne à qui ce fût arrivé de croire porter une moustache et de n'en porter pas. Ou bien, corrigea-t-elle, de croire que l'homme qu'on aime n'en porte pas alors qu'il en porte une. Non, on n'avait jamais entendu parler de ça. Mais ce n'était pas de la folie, ils n'étaient pas fous, il devait s'agir d'un état passager, une sorte d'hallucination, peut-être le début d'une dépression nerveuse. J'irai voir un psychiatre, dit-elle. Pourquoi toi? Si quelqu'un est frappé, répondait-il, c'est moi. Pourquoi? Parce que les autres pensent comme toi, ils croient aussi que je n'ai jamais eu de moustache, donc c'est moi qui me détraque. Nous irons tous les deux, dit-elle en l'embrassant, peut-être qu'au fond c'est un truc courant. Tu crois? Non. Moi non plus. Je t'aime. Et ils se répétèrent qu'ils s'aimaient, se croyaient, se faisaient confiance, même si c'était impossible, que répéter d'autre?

Le matin, en préparant le café, il jeta à la poubelle le paquet de cigarettes contenant les poils coupés. Nu dans la cuisine, regardant hoqueter la cafetière, il eut peur de le regretter plus tard, d'avoir sacrifié sa seule pièce à conviction si le procès reprenait, s'ils n'étaient plus d'accord pour faire front ensemble. Peur aussi de se demander si elle ne l'avait pas aimé, rassuré, serré contre elle cette nuit pour endormir sa méfiance et le pousser à ce geste. Mais il ne fallait pas commencer à penser ainsi, c'était fou, et traître surtout à l'égard d'Agnès.

En prenant le café, à la lumière du jour qui entrait à flots dans le salon, ils évitèrent le sujet, parlèrent du film de la veille. Vers onze heures, il fallut qu'il parte pour l'agence, bien qu'on fût samedi : le projet devait être prêt pour lundi, Jérôme et Samira l'attendaient. Malgré la difficulté qu'il éprouvait à prononcer ce mot, il dit à Agnès, sur le pas de la porte, très vite, qu'il faudrait penser à cette histoire de psychiatre. Elle répondit qu'elle s'en occuperait, sur le ton dont elle aurait annoncé qu'elle commanderait un repas chinois chez le traiteur d'en bas.

« Tu te négliges », dit Jérôme en observant qu'il n'était pas rasé. Il ne répondit rien, se contenta de sourire. Hormis cette remarque et une raillerie distraite de Samira quand il lui demanda une cigarette, le début de la journée se déroula sans incident notable. Si, comme cela semblait à présent avéré, il souffrait d'hallucinations, peut-être d'un début de dépression nerveuse, mieux valait ne pas mettre tout le monde au courant, éviter de provoquer dans son dos des chuchotements compatissants du style : « Pauvre vieux, il ne tourne pas rond en ce moment… » L'affaire allait se tasser, il en était certain, autant qu'elle ne se répande pas, ne lui colle pas à l'agence, auprès des clients, une réputation de malade dont il aurait du mal à se débarrasser par la suite. Aussi veilla-t-il à ne commettre aucun impair. Samira semblait avoir oublié sa conduite étrange de la veille, au pire elle l'attribuerait à un conflit conjugal ; il avait bien fait de ne pas pousser plus loin, de ne pas lui poser la question fatale — alors que, sur le moment, il s'était reproché sa lâcheté. En un sens, il s'en tirait bien : son délire, si délire il y avait, demeurait discret, puisque l'incompréhensible désaccord portait sur un fait passé et qu'à moins d'évoquer celui-ci, ce dont il se gardait bien, rien dans son apparence présente ne risquait de le trahir. Se regardant dans la glace, se palpant, il voyait sa lèvre supérieure ornée d'un poil vivace, celui d'un homme pas rasé, pas encore d'un moustachu, et c'était peut-être disgracieux mais apparemment reconnu par tout le monde, ce qui le rassurait. Il commençait même à penser que l'affaire pourrait en rester là, qu'il n'était pas nécessaire d'aller voir un psychiatre : il suffisait, s'agissant de son ex-moustache, de se rallier à ce qui semblait être l'opinion générale, et de ne plus en parler. L'opinion générale, bien sûr, n'était pas très largement représentée. S'il faisait le compte des témoins à charge, il y avait Agnès, Serge et Véronique, Jérôme et Samira, plus un certain nombre de personnes qu'il avait forcément croisées depuis moins de 48 heures et à qui son visage était familier. Il s'efforça de les compter aussi : le patron du tabac d'en face, le coursier de l'agence qui était passé à deux reprises la veille, un locataire de l'immeuble rencontré dans l'ascenseur, et personne ne lui avait fait de remarque. Cependant, raisonna-t-il, si lui-même, croisant quelqu'un qu'il connaissait à peine, observait qu'il avait rasé sa moustache, irait-il aussitôt lui en parler comme d'une affaire d'état ? Certainement pas et, qu'on l'impute au quant-à-soi ou à l'inattention, le silence de ces figurants n'avait rien d'étonnant.

Tout en travaillant, en mordillant un feutre, il luttait contre la tentation de faire au moins un test sur quelqu'un qui le connaissait bien, de poser la question une dernière fois, avant de la classer ou plutôt d'en saisir le psychiatre. Car le problème se reposerait quelle que soit la réponse. Soit le cobaye répondait que non, il n'avait jamais porté de moustache, et non seulement cela confirmait qu'il traversait un accès de folie, mais encore cela portait cette folie à la connaissance d'une personne supplémentaire, alors que jusqu'à présent seule Agnès en était vraiment informée. Soit l'interlocuteur répondait que bien sûr, il l'avait toujours connu moustachu, quelle drôle de question, et alors, forcément, Agnès était coupable. Ou bien folle. Non, coupable, puisqu'il fallait qu'elle se soit assuré la complicité des autres. Ce qui revenait d'ailleurs au même, car une telle culpabilité, une blague poussée si loin, si méthodiquement, jusqu'à la conspiration, impliquait une forme de folie. Qu'il fasse la preuve de son propre délire ou de celui d'Agnès, il n'en tirait de toute manière aucun bénéfice, sinon celui d'une certitude déplaisante dans l'un et l'autre cas. Et, en réalité, superflue : il lui suffisait d'examiner sa carte d'identité pour vérifier que, sur la photo, il portait bel et bien une épaisse moustache noire. N'importe quelle personne consultée sur ce point ne pourrait que confirmer le témoignage de ses yeux. Donc démentir Agnès. Donc prouver qu'elle était folle ou bien cherchait à le rendre fou. Mais, hypothèse d'école, à supposer qu'il soit devenu fou, lui, au point de plaquer une moustache imaginaire sur dix ans de sa vie et sur une photo d'identité, cela voulait dire qu'Agnès de son côté se tenait exactement le même raisonnement, le croyait fou furieux, pervers mental ou les deux. En dépit de quoi, en dépit de sa scène extravagante avec les poils récupérés dans la poubelle, elle était venue le rejoindre sur le canapé, l'avait assuré de son amour, de sa confiance, envers et contre tout, et cela méritait bien qu'il lui fasse confiance en retour, non ? Si, sauf que la confiance ne pouvait être réciproque, qu'obligatoirement l'un des deux mentait ou déraisonnait. Or, il savait bien que ce n'était pas lui. Donc, c'était Agnès, donc leur étreinte cette nuit était une duperie de plus. Mais si, par extraordinaire, ce n'était pas le cas, alors elle avait été héroïque, sublime d'amour et il lui fallait se montrer à la hauteur. Mais...

Il secoua la tête, alluma une cigarette, furieux de se laisser enfermer dans ce cercle vicieux. Incroyable, tout de même, qu'il soit si difficile de trouver un arbitre pour les départager sur un point aussi objectif, une évidence qui devait s'imposer à tout le monde.

Mais, en y réfléchissant, où résidait la difficulté? Au risque que l'arbitre soit vendu à la partie adverse? Il suffisait, pour la tourner, de s'adresser au premier venu, à un passant dans la rue, qu'Agnès n'avait matériellement pas pu circonvenir. Ce qui, du même coup, réduisait l'autre problème, savoir le caractère gênant de la question. Posée à un ami, à une relation de travail, elle le ferait passer pour cinglé. A un inconnu aussi bien, mais c'était sans conséquence, le tout était de choisir quelqu'un qu'il ne reverrait jamais. Il ramassa sa veste, dit qu'il sortait prendre l'air.

Il était trois heures de l'après-midi. Le soleil brillant, les magasins fermés, on aurait pu se croire en été, ou tout au moins un dimanche. Il éprouvait toujours un sentiment de vacance à travailler à l'agence durant le week-end, de même qu'à ne pas le faire un jour de semaine. Son métier permettait ce genre de fantaisies, qui lui faisaient apprécier l'organisation libre et légère de sa vie et, à cet instant, il trouvait plutôt drôle, accordé à cette légèreté, qu'une telle bizarrerie en menace l'équilibre. La veste jetée sur les épaules, il descendit à pas lents la rue Oberkampf quasiment déserte et lorsqu'enfin il croisa un petit vieux, porteur d'un cabas d'où dépassait une botte de poireaux, sourit en se représentant son air ahuri s'il lui demandait poliment de bien vouloir regarder sa carte d'identité, dire si oui ou non il portait une moustache sur la photo. Il croirait qu'on se moquait de lui, s'indignerait peut-être. Ou bien, s'il ne le prenait pas mal, il répondrait par une blague à ce qu'il supposerait en être une. Ça aussi, c'était un risque à ne pas sous-estimer. Il se demanda comment lui-même réagirait en pareille circonstance, réalisant avec inquiétude qu'il dirait sans doute n'importe quoi, faute de trouver une repartie spirituelle. C'est vrai, que peut-on répondre de *drôle* à une telle question ? « Mais oui, c'est bien Brigitte Bardot ! » ? Faible, faible. La meilleure solution, en effet, serait d'exposer clairement son problème, mais il se voyait mal le faire. Ou bien de s'adresser à quelqu'un qui, par vocation ou profession, n'est pas censé blaguer. A un flic, par exemple. Mais s'il tombait sur un mal luné, il pouvait très bien se retrouver au poste pour outrage à agent de la force publique. Au fait, tant qu'il y était, pourquoi pas un curé ? Aller dans un confessionnal, dire : « Mon père, j'ai péché, mais ce n'est pas le problème, je voudrais seulement qu'à travers le treillis de bois vous jetiez un coup d'œil à cette photo... — Vous êtes complètement givré, mon fils. » Non, s'il voulait vraiment une instance spécialisée dans ce genre de questions, il n'y avait pas à tortiller, c'était le psychiatre, et justement, il allait bientôt en voir un, Agnès s'en chargeait. Tout ce qu'il voulait, c'était en quelque sorte préparer la visite, savoir sur quel pied danser.

Il avait soif, obliqua vers un café ouvert sur le boulevard Voltaire, puis se ravisa. Il était sûr, s'il entrait, de ne pas poser la question. Mieux valait rester dehors, afin de pouvoir quitter au plus vite son interlocuteur, qu'elle que soit l'issue de la tentative.

Il s'assit sur un banc, orienté vers la chaussée, espérant que quelqu'un viendrait l'y rejoindre, engagerait la conversation. Mais personne ne vint. Un aveugle palpait la colonne du feu qui réglait la circulation sur le boulevard et il se demanda comment il s'y prenait pour savoir s'il était rouge ou vert. Au bruit des voitures sans doute, mais comme il en passait très peu, il pouvait se tromper. Il se leva, toucha avec précaution le bras de l'aveugle en proposant de l'aider à traverser. « Vous êtes bien aimable », dit le jeune homme, car c'était un jeune homme, avec lunettes vertes, canne blanche et polo caca d'oie boutonné jusqu'au cou, « mais je reste sur ce trottoir. ». Il lâcha son bras, s'éloigna en songeant qu'il aurait pu lui demander à lui, au moins il ne risquait pas d'être abusé par sa vue. Une autre idée lui vint aussitôt, qui le fit sourire. Chiche, pensa-t-il, sachant déjà qu'il allait le faire. Seul problème : il n'avait pas de canne blanche. Mais après tout, certains aveugles la dédaignent, sans doute par amour-propre. Craignant que ses yeux ne le trahissent, il se rappela qu'il avait dans sa poche des lunettes de soleil et les chaussa. C'étaient des Ray-Ban, il doutait d'avoir jamais vu un aveugle en porter, mais d'une certaine manière, il était logique qu'un aveugle refusant la servitude de la canne blanche arbore également des lunettes à prétention décorative. Il fit quelques pas sur le boulevard, hésitant à dessein, les mains légèrement tendues vers l'avant, le menton très haut, et s'obligea à fermer les yeux. Deux voitures passèrent, une moto démarra, assez loin, puis un bruit s'approcha. Il dut tricher un peu pour identifier, entrouvant les yeux. Une jeune femme qui poussait un landau avançait dans sa direction. Il referma les yeux, après s'être assuré que le véritable aveugle avait quitté les parages, se promit de ne pas les rouvrir avant que ce soit fini, de ne pas rire non plus et s'approcha à tâtons, de manière à couper ce qu'il présumait être la trajectoire de la jeune mère. Du pied, il heurta le landau, dit « pardon, monsieur » et, en avançant la main jusqu'à toucher la capote en tissu plastifié, demanda poliment : « Pourriez-vous, s'il vous plaît, me rendre un petit service ? » La jeune femme mit du temps à répondre ; peut-être, en dépit de sa méprise calculée, n'avait-elle pas compris qu'il était aveugle. « Bien sûr », dit-elle enfin, tout en déviant un peu le landau afin de ne pas lui écraser le pied, mais aussi de poursuivre son chemin. Il garda la main sur la capote, les yeux fermés et, en commençant à marcher, se jeta à l'eau. « Voilà, dit-il. Comme vous voyez, je suis aveugle. J'ai trouvé, il y a cinq minutes, ce qui me semble être une carte d'identité, ou un permis de conduire. Je me demande si c'est celle d'un passant qui l'aurait égarée ou bien celle d'un ami que j'ai vu tout à l'heure. J'aurais pu l'empocher par mégarde. Si vous vouliez bien me décrire le visage sur la photo, je saurais à quoi m'en tenir et pourrais agir en conséquence. » Il se tut, commença à fouiller dans sa poche pour prendre la carte d'identité, avec l'impression soudaine, encore confuse, que quelque chose clochait dans son explication. « Bien sûr », répéta cependant la jeune femme et, en tâtonnant, il tendit la carte dans sa direction. Il sentit qu'elle la prenait mais ils ne cessèrent pas de marcher, elle poussait sans doute le landau d'une seule main. L'enfant qui s'y trouvait devait dormir, car il ne faisait aucun bruit. Ou bien il n'y avait pas d'enfant. Il déglutit, repoussant la tentation d'ouvrir les yeux.

« Vous faites erreur, monsieur, dit enfin la jeune femme, ce doit être votre carte d'identité. En tout cas, c'est vous sur la photo. » Il aurait dû y penser, il savait bien que son stratagème comportait un défaut, on s'apercevrait que c'était lui. Mais il n'y avait rien là de bizarre, après tout, il pouvait très bien s'être trompé. La seule chose, c'est qu'il ne portait pas de lunettes de soleil sur la photo. La mention « aveugle » figurait-elle sur les cartes d'identité ?

« Vous êtes sûre ? demanda-t-il. Est-ce que l'homme sur la photo porte une moustache ?

— Bien sûr », dit encore la jeune femme, et il sentit qu'elle glissait entre ses doigts suspendus en l'air le rectangle de carton plié. « Eh bien, insista-t-il, jouant le tout pour le tout, je n'en porte pas, moi !

— Mais si. »

Il commença à trembler, ouvrit les yeux sans y penser. La jeune femme continuait à pousser le landau vide, sans même le regarder. Elle était moins jeune qu'il n'avait cru de loin. « Vous êtes bien certaine, chevrota-t-il, que sur cette photo j'ai une moustache ? Regardez encore. » Il agita la carte d'identité devant son nez, pour l'inciter à la reprendre, mais elle écarta vivement sa main et cria soudain, très fort : « Ça suffit ! Si vous continuez, j'appelle un agent ! » Il s'enfuit en courant, traversa au feu vert. Une voiture pila net pour ne pas le renverser, il entendit, derrière lui, brailler le conducteur, mais continua à courir, jusqu'à la République, entra dans un café, s'affala sur une banquette, hors d'haleine.

Du menton, le garçon l'interrogea, il commanda un café. Lentement, il reprenait ses esprits, digérait la nouvelle. Ainsi, ce qui avait failli, à cause des difficultés d'exécution, lui apparaître comme un canular dépourvu d'enjeu, s'avérait une expérience concluante. Il s'efforça de reconstituer le contenu exact de la confrontation. Lorsqu'il avait objecté qu'il ne portait pas de moustache, la femme au landau avait répondu que si, sans qu'il puisse savoir si elle se référait seulement à la photo ou bien à lui aussi, qui se tenait devant elle. Mais peut-être considérait-elle comme une moustache la friche de poils noirs qui, depuis près de deux jours, avait recommencé à croître sur sa lèvre supérieure. Peut-être y voyait-elle mal. Ou alors il avait rêvé, il n'avait jamais rasé sa moustache, elle était toujours là, bien fournie, en dépit du témoignage de ses doigts tremblants, de ses yeux qui, lorsqu'il se retourna brusquement vers le miroir situé derrière la banquette, enregistrèrent une image bizarrement sombre, verdâtre. Il s'aperçut alors, dans le reflet, qu'il portait toujours ses lunettes de soleil, les ôta, s'examina au jour redevenu normal. C'était bien lui, mal rasé, encore secoué de frissons, mais lui. Donc...

Il serra les poings, ferma les yeux aussi fort que possible pour faire le vide, échapper à ce va-et-vient entre deux hypothèses qu'il avait déjà retournées cinquante fois et qui ne menaient nulle part, sinon de l'une à l'autre, de l'autre à l'une, sans bretelle de sortie pour regagner la vie normale. Déjà, cela recommençait, il ne pouvait s'empêcher de jauger l'avantage qu'il venait de prendre, la preuve qu'il tenait pour confondre... pour confondre qui? Agnès? Mais pourquoi Agnès? Pourquoi faisait-elle ça? Aucune raison au monde ne pouvait justifier un truc pareil, à la fois absurde et irrattrapable. Aucune raison, sinon celle de la folie qui n'a pas besoin de raison, ou bien qui a sa raison propre et, comme justement il n'était pas fou, cette raison lui échappait. Et Serge et Véronique, pensa-t-il rageusement, qui l'avaient encouragée dans son délire! Bande d'irresponsables, il fallait qu'il les engueule, les prévienne, leur dise de ne plus jamais recommencer ce genre d'idioties s'ils ne voulaient pas la voir finir dans une cellule capitonnée.

Il oscillait entre la colère et un attendrissement nauséeux à l'égard d'Agnès, pauvre Agnès, Agnès sa femme, fragile de partout, fine d'attaches, fine mouche, fine paroi aussi entre l'esprit vivace et la déraison qui commençaient à la dévorer. Les signes avant-coureurs devenaient clairs, rétrospectivement : sa mauvaise foi scintillante, son goût outré du paradoxe, les histoires de téléphone, de porte murée, de radiateurs, la double personnalité, si maîtresse d'elle-même le jour, avec des tiers, et sanglotant la nuit dans ses bras, comme une gamine. Il aurait fallu interpréter plus tôt ces signaux de détresse, cet excès d'éclat, et maintenant c'était trop tard, elle sombrait. Non, peut-être pas trop tard. A force d'amour, de patience, de tact, il l'arracherait à ses démons, ramerait de toutes ses forces pour la tirer vers le rivage. Il la frapperait s'il le fallait, par amour, comme on assomme un nageur qui se débat pour lui éviter la noyade. Un élan de tendresse l'envahissait, favorisant l'éclosion de métaphores terribles et bouleversantes qui toutes lui rappelaient son aveuglement et sa responsabilité. Il repensait à la nuit précédente comme à un appel désespéré de sa part. Elle se rendait compte de son état, confusément. Quand elle parlait de psychiatre, c'était pour l'obliger à l'y conduire. Prise au filet de la folie, elle se débattait, tâchait de lui faire comprendre : elle avait inventé tout ce cirque, depuis deux jours, cette absurde histoire de moustache, comme on hurlerait, grimacerait derrière une vitre opaque, insonorisée, pour attirer son attention, l'appeler au secours. Au moins, sans bien comprendre, avait-il su l'entendre en lui faisant l'amour, en l'assurant de sa protection, d'être là, toujours, lui, et de l'aider toujours à rester elle. Il fallait continuer ainsi, être solide comme un roc auquel elle puisse s'appuyer, ne pas se laisser déboussoler, entraîner dans son délire, sans quoi tout était perdu.

Il acheta un paquet de cigarettes, en fuma une en écartant un reproche que la situation rendait dérisoire et commença d'établir un programme de sauvetage. D'abord appeler, lui, un psychiatre. Car bien entendu, tout en lançant l'idée comme une bouteille à la mer, elle comptait bien, en proposant de s'en charger, essayer de circonvenir celui-ci. Sans doute se faisait-elle des illusions, les psychiatres ne devaient pas marcher dans ce genre de combine comme n'importe quels Serge et Véronique. Et d'ailleurs, à la réflexion, il serait plus sage de la laisser faire : sa manœuvre même suffirait à la trahir, le spécialiste comprendrait beaucoup mieux de quoi il retournait en l'écoutant délirer. Il l'imaginait, notant sur son bloc les explications d'Agnès : « Voilà, mon mari croit qu'il portait une moustache jusqu'à jeudi dernier et ce n'est pas vrai. » Rien que ça devrait l'alerter, le persuader que c'était elle qui souffrait de... de quoi, au juste ? Il ne connaissait rien aux maladies mentales, se demanda une fois de plus comment pouvait s'appeler celle-ci, si elle était curable... Il se rappelait qu'en gros il y avait la névrose et la psychose, que la seconde était la plus grave, à part ça... Quoi qu'il en soit, il fallait préparer à l'intention du psy un petit dossier qui, dans un second temps, pourrait l'éclairer : des photos de lui, il n'en manquait pas, peut-être des témoignages de tiers concernant le caractère, les sautes d'humeur d'Agnès. Mais d'abord, la laisser prendre l'initiative, c'était le plus simple.

Ensuite, à propos de tiers, prévenir les amis. Il faudrait bien en passer par là, pour éviter que se reproduisent les clowneries de Serge et Véronique. Le juste dosage de fermeté et de discrétion serait difficile à trouver. Il ne fallait pas trop les alarmer, de façon qu'Agnès ne se sente pas traitée en malade, mais aussi leur faire saisir la gravité de la situation. Les contacter tous, y compris ses amis à elle, ses relations de travail et, autant que possible, les écarter. Atroce, vraiment, de téléphoner dans son dos, mais il n'avait pas le choix.

Quant à lui, mieux valait qu'au moins dans l'immédiat il feigne de se ranger à ses vues pour éviter de nouveaux conflits, une catastrophe peut-être. Il allait rentrer immédiatement, l'emmener dîner dehors, comme si de rien n'était, ne plus parler de moustache et, si elle en parlait, convenir qu'il avait eu une hallucination, que c'était passé. Temporiser, apaiser. Pas trop, quand même : qu'elle n'en conclue pas que la visite au psychiatre n'était plus nécessaire. Il insisterait pour aller se faire soigner, lui, en banalisant la chose, encore qu'une visite chez un psychiatre soit plutôt difficile à banaliser. Il lui demanderait de l'accompagner, c'était presque normal, elle ne soupçonnerait rien. Ou bien elle comprendrait qu'il avait compris. Il faudrait probablement attendre lundi, mais lundi, oui, à la première heure.

Il régla son café, descendit au sous-sol de la brasserie pour appeler l'agence. Pas question d'y retournei, ni aujourd'hui ni demain, et tant pis pour le projet de gymnase, tant pis pour la présentation au client, lundi. Quand Jérôme commença à protester, à dire que merde ce n'était pas vraiment le jour, il le coupa net : « Je suppose, dit-il, que tu t'es rendu compte qu'Agnès n'allait pas bien, alors écoute-moi : je me fous du gymnase, je me fous de l'agence, je me fous de toi et je m'occupe d'elle. Entendu ? », et il raccrocha. Il rappellerait le lendemain pour s'excuser, sermonner Jérôme et Samira sans trop leur reprocher leur complicité, après tout excusable, ils ne pouvaient pas savoir, et lui-même avait bien failli se laisser embobiner. Mais pour l'instant il avait hâte de rentrer, de s'assurer qu'Agnès était bien là Il pensa qu'à partir de maintenant il n'allait plus cesser d'avoir peur pour elle et, tout en l'inquiétant, cette perspective l'exalta bizarrement.

Quand il arriva, un peu avant cinq heures, Agnès venait de rentrer et feuilletait un jeu d'épreuves en écoutant à la radio une émission sur les origines du tango. Elle lui dit qu'elle avait déjeuné dans les jardins de Bagatelle avec Michel Servier, un ami à elle qu'il connaissait peu, et décrivit plaisamment la foule qui se pressait dans le restaurant en plein air, avide de profiter des premiers beaux jours. Elle lui fit même admirer le hâle léger de ses avant-bras. Dommage, dit-il, qu'elle ait déjà déjeuné dehors, il pensait justement aller dîner au Jardin de la paresse, dans le parc Montsouris. Il craignait de l'étonner en proposant cela, car ils préféraient en général ne pas sortir le samedi soir, mais elle observa seulement que, de toute façon, il risquait de faire un peu froid pour dîner à une terrasse. En revanche, elle aimait bien la salle du restaurant, alors adjugé.

Ils passèrent le reste de l'après-midi paisiblement, elle lisant sur le canapé et écoutant les tangos, lui feuilletant *Le Monde* et *Libération* qu'il avait pris soin d'acheter en rentrant, avec la vague idée de paraître naturel, de se donner une contenance. Il se faisait l'effet, derrière ses journaux négligemment dépliés, d'un détective privé épiant la jolie femme que son mari l'a chargé de surveiller. Afin de dissiper cette impression, il s'esclaffa à plusieurs reprises et, sur sa demande, lui fit la lecture des petites annonces *Chéris* de *Libération,* où figurait, pour la troisième semaine de suite, un jeune homosexuel désireux de rencontrer, pour amitié et plus, un monsieur entre soixante et quatre-vingts ans, rond, chauve et distingué, ressemblant à Raymond Barre, Alain Poher ou René Coty. Ils se demandèrent si la récurrence de l'annonce signifiait que le jeune homme avait peine à trouver chaussure à son pied ou si au contraire il faisait une abondante consommation hebdomadaire de grands commis dodus à la bedaine sanglée dans de stricts costumes à rayures. Croisés, ajouta Agnès.

Pendant tout ce temps, trois personnes téléphonèrent et il répondit à chaque fois. La troisième était Véronique, qui ne fit aucune allusion à son coup de fil nocturne de l'avant-veille et, de son côté, la présence d'Agnès l'empêchait de lui dire ce qu'il avait sur le cœur. Agnès fit signe qu'elle voulait prendre la communication, invita Véronique et Serge à dîner pour le lendemain soir. Il pensa qu'il lui faudrait les appeler avant, ce qu'il comptait faire de toute manière. A aucun moment, ils n'abordèrent la question du psychiatre.

Le soir tombant, ils se rendirent au Jardin de la paresse où ils arrivèrent un peu en avance sur l'heure à laquelle il avait réservé. Ils se promenèrent, en attendant, dans le parc Montsouris. Des lances piquées de petits trous arrosaient d'une pluie fine les pelouses; un coup de vent, détournant le jet, aspergea la robe d'Agnès et il passa son bras autour de ses épaules, puis l'embrassa longuement, se baissant pour caresser ses jambes nues sur lesquelles ruisselaient les gouttes d'eau fraîche. Elle rit. En la serrant contre lui, joue contre joue, il ferma violemment les yeux, ouvrit la bouche comme pour crier, submergé par l'amour qu'il lui portait, la crainte qu'elle ne souffre et, quand ils s'écartèrent l'un de l'autre, il surprit dans son regard une tristesse qui le bouleversa. Ils regagnèrent le restaurant, main dans la main, en observant plusieurs haltes pour s'embrasser à nouveau.

Le dîner fut gai, étonnamment naturel. Ils parlèrent de tout et de rien, Agnès se montra spirituelle, mordante même, mais avec la nuance d'abandon enfantin qui distinguait ce brio-là de celui qu'elle réservait aux autres. Il avait peine à manger, pourtant, la gorge serrée par l'impression qu'ils prenaient tous les deux sur eux, de sorte que leur tendre désinvolture évoquait à ses yeux la parade d'un couple dont la femme se sait condamnée, sait que

77

l'homme qu'elle aime le sait aussi, et s'acharne à n'en rien laisser paraître, jamais, pas même la nuit, éveillée dans ses bras, certaine qu'il ne dort pas non plus et qu'il lutte comme elle pour réprimer ses sanglots. Et, de même que cette femme mettrait un point d'honneur à prouver que le mot cancer ne l'effraie pas, Agnès, en lui caressant la joue, puis la lèvre supérieure, murmura : « Ça pousse, non ? » Il emprisonna alors sa main dans la sienne, la garda serrée contre son visage, retraçant avec ses doigts à lui le trajet de ses doigts à elle, comme lorsqu'ils caressaient son sexe tous les deux, et pensa sans rien dire : « Oui, ça pousse, ça repousse. »

Un peu plus tard, au milieu d'une série de plaisanteries concernant la timide prétention de la carte, et alors qu'ils inventaient chacun à leur tour des noms de plats plus prétentieux encore, elle dit brusquement qu'elle n'avait pas encore appelé de psychiatre. Il s'apprêtait à suggérer une chiffonade de petits rougets trépanés, hésitant pour la garniture entre le coulis de morilles « à ma façon » et le lit d'oseille à la moelle, il lui fallut faire un effort pour ne pas laisser tomber sa fourchette. Elle ne connaissait pas de psychiatre, continuait-elle, mais pensait que Jérôme, à cause de sa femme... Sans s'attarder au fait qu'il avait eu la même idée, il interpréta sa proposition comme le signe d'un regain de lucidité : en lui rendant l'initiative, car Jérôme était plutôt son ami à lui, elle sous-entendait qu'elle avait compris ses soupçons, renoncé peut-être à poursuivre auprès du pyschiatre ses manigances sans issue, acceptait qu'il la prenne en charge. Il pressa de nouveau sa main, promit d'appeler Jérôme sans tarder.

En ramassant le chèque glissé dans l'addition, le serveur réclama une pièce d'identité, ce qui l'irrita. Quand on la lui rapporta, Agnès dit ce qu'il espérait qu'elle ne dirait pas :

« Montre. »

Il la lui tendit, luttant contre l'idée qu'elle abusait un peu de son statut d'incurable. Elle examina avec attention la photo, puis secoua la tête, en signe d'indulgente désapprobation.

« Quoi ?

— Trouve mieux la prochaine fois, mon amour », dit-elle en léchant son index, qu'elle fit glisser sur la photographie. Puis elle le tourna vers lui, montrant une petite tache noire, le lécha à nouveau, le tendit vers son visage, tâchant de l'introduire entre ses lèvres. Il écarta sa main d'un geste brusque, comme celui de la femme au landau tout à l'heure.

« A mon avis, dit-elle, Stabilo Boss. Bonne qualité d'ailleurs, ça part à peine. Tu sais que c'est défendu de maquiller sa carte d'identité ? Mais attends. »

Sans lâcher la carte, elle fouilla dans son sac, en retira une petite boîte de métal d'où elle sortit une lame de rasoir.

« Arrête », dit-il.

A son tour, elle écarta sa main et se mit à gratter la moustache, sur le photomaton. Pétrifié, il la regardait faire, détacher de son visage renversé de menues particules noirâtres, grattant jusqu'à ce que l'espace compris entre sa bouche et son nez devienne, non pas gris comme le reste de la photo, mais d'un blanc granuleux, déchiqueté.

« Voilà, conclut-elle, tu es en règle. »

Il reprit la carte d'identité, consterné. Elle avait arraché du grain de l'image sa moustache, une aile de son nez, un lambeau de sa bouche et, bien sûr, cela ne prouvait rien quant au visage que reproduisait la photo avant d'être mutilée. Il faillit le lui dire, mais se rappela sa décision d'entrer dans son jeu, au moins jusqu'à lundi, de ne pas la contredire. Déjà beau, après tout, qu'elle ait vu une moustache, avoué qu'elle le soupçonnait de l'avoir tracée au feutre. En un sens, c'était même mieux, mieux que la marche arrière au sujet du psychiatre, qui calquait trop son attitude à lui : au moins elle acceptait de se trahir, rompait la symétrie capable de faire croire que c'était elle la saine d'esprit, la temporisatrice, la conciliante...

Et, comme d'habitude, comme si elle lisait dans ses pensées, elle lui prit la main, dit : « Pardonne-moi. J'ai eu tort. »

— Partons. »

Ils restèrent silencieux, dans la voiture. A un moment, seulement, elle effleura sa nuque, répéta d'une voix à peine audible : « Pardon ». Il détendit le cou, épousant la paume de sa main, mais aucun son ne put franchir ses lèvres. L'idée le tourmentait que peut-être elle avait mutilé ou détruit toutes ses photos, toutes les preuves tangibles autres que le témoignage des amis, toujours sujet à caution. Si ce n'était déjà fait, il fallait se hâter de les mettre en lieu sûr, ne serait-ce que pour le dossier du psychiatre. Il sentait qu'après une brève rémission elle tâchait de reprendre l'avantage, préparait une offensive pour le remettre en position d'accusé, position de celui qui doit fournir les preuves et, si elle jouait si franc, si elle se découvrait, cela signifiait qu'elle avait ménagé ses arrières, mis la main sur les preuves en question. Bien que ce fût sans doute déjà inutile, il aurait voulu entrer le premier dans l'appartement, ne pas l'y avoir laissée seule, il avait été fou de s'absenter. Un espoir lui restait : si, devant l'immeuble, avant qu'il aille garer la voiture au parking, elle exprimait le désir de monter la première, alors il pourrait dire non, tu restes, la retenir de force s'il le fallait. Mais elle ne dit rien, descendit au parking avec lui, signifiant que le mal était fait. Penser qu'elle est folle, se répétait-il, ne pas lui en vouloir, l'aimer ainsi, l'aider à s'en tirer...

Il dut se raisonner, à la porte de l'appartement, pour s'effacer devant elle. Ce tribut payé à la galanterie, il renonça à faire comme s'il ne cherchait rien et, après avoir parcouru du regard les rayonnages, la table basse, le dessus de la commode, ouvrit un à un les tiroirs du secrétaire qui, repoussés sans ménagement, émirent un bruit de bois sec.

« Où sont les photos de Java ? »

Elle l'avait suivi, se tenait debout devant lui, le regard fixe. Jamais, même lorsqu'ils faisaient l'amour, il n'avait vu sur son visage une telle expression de désarroi.

« De Java ?

— De Java, oui. Je voudrais regarder les photos de Java. Juste comme ça », précisa-t-il sans aucun espoir d'être cru.

Elle s'approcha, saisit son visage entre ses mains, en un geste qu'elle avait dû, qu'il avait dû faire mille fois et qu'elle voulait maintenant charger de conviction, de prière efficace, délester du poids mort que lui conférait l'habitude.

« Mon amour... » murmura-t-elle. Sa bouche tremblait, comme si sa mâchoire allait se décrocher. « Mon amour, je te jure, il n'y a pas de photos de Java. Nous ne sommes jamais allés à Java. »

Il pensa qu'il s'y attendait, que cela aussi devait venir. Elle sanglotait à présent, comme la veille, comme l'avant-veille, comme le lendemain, et ça n'arrêterait plus : chaque soir une scène semblable, chaque nuit faire l'amour pour se réconcilier, tâcher d'oublier tout dans la fervente quiétude des corps, chaque matin adopter un naturel factice et chaque soir recommencer, parce qu'on ne peut pas sans trêve faire comme si de rien n'était. Il se sentait las, ne songeait plus qu'à accélérer le cycle, à plonger dans la nuit, à la serrer dans ses bras, et il la serrait déjà, berçait ses pleurs, calmait ses épaules, malade d'amour et de chagrin. Les spasmes affolés de son corps lui disaient qu'elle ne mentait pas, qu'elle croyait vraiment, ce soir, n'être jamais allée à Java et qu'elle en souffrait trop pour parvenir à le lui cacher. Eh bien d'accord, ils n'y étaient pas allés, d'accord il n'avait jamais eu de moustache, d'accord il avait maquillé sa photo, d'accord sur tout pourvu qu'elle se calme, cesse de pleurer, même peu de

82

temps. Ils demandaient grâce tous les deux, prêt chacun à tout sacrifier, à nier l'évidence, à acheter un répit à n'importe quel prix, mais elle pleurait toujours, tremblait toujours, et derrière elle, sur le mur, en embrassant ses cheveux, il voyait la grande couverture tissée qu'ils avaient rapportée de Java. Tant pis pour la couverture, tant pis pour Java, tant pis pour tout, stop, stop, stop mon amour, répétait-il doucement, encore, comme d'habitude.

Le téléphone sonna, le répondeur se mit en marche. Ils entendirent la voix posée, rieuse presque, d'Agnès débitant le message tandis qu'elle hoquetait dans ses bras puis, après le signal sonore, celle de Jérôme qui dit : « Qu'est-ce qui se passe, tu vas m'expliquer? Rappelle-moi », et il raccrocha. Agnès se dégagea, alla se recroqueviller sur le canapé.

« Tu crois que je deviens folle, c'est ça? murmura-t-elle.

— Je crois, dit-il en s'accroupissant à sa hauteur, que quelque chose ne va pas et qu'on va trouver quoi.

— Mais tu penses que c'est moi? Dis-le. »

Un temps de silence.

« Toi ou moi ou autre chose, répondit-il sans conviction. De toute façon, on trouvera. Pense que c'est comme quand on est défoncé, à un moment ça s'arrête. »

Elle pleurait plus calmement, à petits coups.

« Je sais que j'ai eu tort, tout à l'heure, au restaurant.

— J'aurais fait pareil. Je ne te reproche rien. »

Il se demanda si elle pensait : « encore heureux ! », mais elle dit seulement : « Je veux dormir » et se leva. Puis, tout en rajustant ses vêtements, elle alla dans la chambre, revint avec la plaque de somnifère et, comme l'avant-veille encore, lui tendit deux comprimés.

« Seule, j'aime mieux », ajouta-t-elle.

Il la suivit des yeux et, au moment où elle referma la porte, l'idée lui vint, affreuse, qu'ils avaient fait l'amour pour la dernière fois, l'autre nuit. Presque en même temps, il eut peur qu'elle ait gardé les autres somnifères pour les avaler tous et voulut aller les chercher. Elle risquait de penser la même chose à son sujet, mais tant pis, il frappa à la porte, entra sans attendre la réponse et rafla la plaque posée sur la table de nuit. Elle était étendue sur le lit, encore habillée. Le voyant faire, elle devina tout de suite, sourit, dit « prudent, hein ? », puis ajouta : « Tu sais, j'ai peur qu'on en aie besoin demain aussi. » Il eut envie de s'asseoir au bord du lit, de prolonger un peu cette intimité de chagrin, mais comprit que c'était inutile et sortit en tirant la porte derrière lui.

Sans bruit, il commença à fouiller le salon, en quête de photos qui auraient pu échapper à Agnès. Mesurant la sottise de l'avoir laissée seule toute la journée, il ne formait guère d'illusions sur le résultat de ses recherches. De plus, l'accès de la chambre où elle dormait, si elle dormait, lui était interdit. Au bout d'un moment, il fut certain que les photos de vacances à Java, celles d'autres vacances, celles de leur mariage, tout le capital d'images et de souvenirs amassé en cinq ans de vie commune avait disparu, au mieux caché, plus probablement détruit. Restaient, bien sûr, des objets pour en témoigner : la couverture tissée de Java, tel bibelot qu'il lui avait offert, en fait tout ce que contenait la pièce et qui avait partie liée avec le passé qu'elle semblait vouloir effacer. Mais ces preuves n'avaient pas la même valeur, il le savait bien : un objet, on peut toujours affirmer qu'on le voit pour la première fois, alors qu'une photo est irréfutable. Même pas irréfutable, puisque l'absurde stratégie d'Agnès consistait précisément à en réfuter le témoignage, à dire blanc où tout le monde voyait du noir, sans même, parfois, se donner la peine de peindre en blanc les objets litigieux. Cette position, bien sûr, n'était pas tenable. Le problème, malheureusement, n'était pas de confondre Agnès mais de la guérir. Il ne suffisait pas de s'attaquer aux symptômes, de lui opposer l'évidence, il fallait extirper la racine du mal, certainement profonde, ramifiée, travaillant depuis des années peut-être à ronger le cerveau de la femme qu'il aimait. Il se rappela un reportage, vu par hasard à la télévision, sur une petite ville du Sud-Ouest qui tirait l'essentiel de ses revenus de l'hébergement des fous. Il ne s'agissait pas, comme il l'avait d'abord cru, d'une expérience psychiatrique de pointe, visant à réinsérer les malades dans la vie sociale, mais d'une simple mesure économique. La journée d'hôpital du fou moyen coûtait trop cher à la Sécurité sociale, les habitants du patelin avaient besoin d'argent, alors on leur allouait une somme très modeste, quelque chose comme 600 F par mois, pour parquer un, deux, trois malades incurables, mais doux, dans des maisonnettes, des espèces d'appentis où on leur portait la soupe aux heures des repas. On veillait aussi, c'était le principal soin, à ce qu'ils absorbent leurs médicaments, et on se débrouillait pour faire de petits bénéfices sur les frais d'entretien. Les fous semblaient paisibles, leurs hôtes pas mécontents de ces revenus locatifs qui avaient l'avantage de tomber tous les mois, à coup sûr, de ne pas risquer de se tarir, car leurs pensionnaires restaient jusqu'à leur mort. Chacun vaquait à ses occupations, un des malades, depuis vingt ans, écrivait sans trêve la même phrase pompeuse et dépourvue de sens, une autre berçait des baigneurs en celluloïd, changeait leurs couches toutes les deux heures, se déclarait heureuse... En voyant le reportage, il avait pensé, c'est horrible, bien sûr, mais comme on trouve horrible la famine en Éthiopie, sans se représenter Agnès assise sur les marches d'un cabanon, au fond du jardin, répétant d'une voix douce que son mari n'avait jamais porté de moustache, et les années passant, répétant toujours cela, en devenant une femme mûre, une vieille femme. Il l'imaginait, Dieu sait pourquoi, en robe de petite fille. Et lui, petit à petit, se serait détaché d'elle, l'amour transformé en pitié, en remords. Bien sûr, elle n'irait pas dans un de ces villages pour malades nécessiteux, il lui trouverait les maisons de repos les plus luxueuses, mais ce serait pareil : avec le temps, l'indifférence s'installerait, elle deviendrait pour lui un boulet, un poids sur la conscience, jamais apaisée par la certitude que, pourtant, il faisait de son mieux, allait la voir chaque mois, payait chaque mois pour sa pension, et lorsqu'elle mourrait, sans se l'avouer, il serait soulagé... Il ne pouvait chasser cette image d'Agnès vieille, délirant doucement, en robe de gamine. Oh non, non, pensait-il, la gorge nouée. Non, bien sûr, ce n'était pas si grave, pas à ce point. On allait la soigner, l'en tirer. L'ex-femme de Jérôme, à une époque, allait d'anorexies en dépressions nerveuses, elle avait bien fini par reprendre le dessus. Étrange, même, qu'ayant connu cela, Jérôme n'ait pas compris plus tôt, dès le coup de fil de conspiratrice qu'avait dû lui passer Agnès, ou même avant, bien avant ; peut-être, pour s'en protéger, refusait-il de voir ces choses-là. Il fallait lui téléphoner, en tout cas, lui expliquer tout, lui demander conseil. Se faire recommander un psychiatre sérieux, celui qui avait tiré Sylvie d'affaire.

Le mieux aurait été de descendre, tout de suite, d'appeler d'une cabine pour qu'Agnès ne risque pas de surprendre la conversation. D'autre part, il répugnait à la laisser seule, même cinq minutes. Déroulant le fil, il emporta le téléphone dans la cuisine, se promettant de parler très bas. Il n'aurait pu, d'ailleurs, prononcer certains mots à voix haute. Le numéro formé, il laissa sonner longtemps : Jérôme n'était pas là, ou avait débranché. Il raccrocha avec précaution, comme si cela pouvait étouffer le grelot. Demain, pensa-t-il, tout en se demandant à quel moment, puisqu'il était décidé à ne pas s'éloigner d'Agnès et qu'en fait la meilleure solution était de profiter de son sommeil. Sa marge de manœuvre allait être réduite.

Il regagna le salon en traînant le téléphone, s'assit

sur le canapé, d'autant plus désemparé qu'il voyait mal quoi faire dans les heures à venir. On n'appelle pas un psychiatre un samedi en pleine nuit, SOS Médecins ne serait d'aucun secours, non, il allait falloir attendre jusqu'à lundi et la perspective de tout ce qui pouvait arriver d'ici là l'effrayait comme si, longtemps larvée, la folie d'Agnès s'emballait, risquait en quelques heures de croître à la manière des nénuphars qui doublent sans arrêt de volume dans les démonstrations géométriques. Il sortit de son portefeuille la carte d'identité rectifiée, effrayé aussi à l'idée que c'était la seule photo de lui dont il disposait encore. Non, tout de même pas : elle avait dû au moins épargner son passeport, et puis il restait toujours la ressource de demander à des amis des photos sur lesquelles il figurait, ça ne devait pas manquer. Comme on compte des moutons, il entreprit de dresser une liste des images de lui qui pouvaient circuler et lui être accessibles. Tout en allumant une cigarette, la dernière du paquet acheté l'après-midi, il se rappela un incident survenu trois jours plus tôt, sur le Pont-Neuf. Par inadvertance, il était entré dans le champ d'une photo, à l'instant précis où un touriste japonais, tirant le portrait de sa femme sur fond de Notre-Dame, appuyait sur le déclencheur. D'ordinaire, il prenait garde d'éviter ce genre de faux pas, attendait que la photo soit prise pour passer, ou bien se faufilait derrière le dos du photographe ; une fois, même, il avait poussé le scrupule jusqu'à s'arrêter pour ne pas entrer dans le champ d'une paire de jumelles. Il s'était excusé, sur le Pont-Neuf, le Japonais avait fait un geste signifiant que ce n'était pas grave, et il aurait aimé, maintenant, posséder cette photo, accidentelle, ou d'autres prises au cours de sa vie sans qu'il y soit pour rien, sans qu'il en soit le sujet, comme si le caractère fortuit de sa présence en renforçait l'authenticité. Mais surtout celle du Japonais, prise mercredi ou jeudi, la dernière sans doute où il portait la moustache... Il pouvait toujours passer une annonce dans un journal de Tokyo, pensa-t-il sans gaieté. Plus raisonnablement, se rabattre sur des photos qu'avaient prises des amis, que possédaient ses parents, dont les administrations devaient avoir des doubles, les laboratoires des négatifs. Mais impossible aussi d'y avoir accès tout de suite. Cette nuit, il ne pouvait que contempler le photomaton de la carte d'identité, gratté au rasoir, léché pour faire partir d'imaginaires traces de feutre...

Sa pensée s'arrêta, il fronça les sourcils, puis, léchant son doigt, le passa sur la photo, sur la tache plus sombre correspondant aux épaules de sa veste. Son index resta net. Évidemment, réfléchit-il, les photos ne transpirent pas. L'expérience, cependant, dénonçait la préméditation d'Agnès, à laquelle il n'avait pas songé sur le moment : sachant très bien que le grattage au rasoir ne signifiait rien du tout, elle l'avait fait précéder du test du doigt mouillé, plus concluant et, pour qu'il le soit, avait forcément dû, au préalable, tacher son index de feutre.

Elle est folle, dit-il à voix basse, complètement folle. D'une folie perverse, qui plus est, malfaisante. Et ce n'était pas sa faute, il devait l'aider. Même si elle essayait de lui crever les yeux, en vrai, pas sur une photo, il faudrait à la fois qu'il se protège, lui, et qu'il la protège, elle. C'était cela le plus affreux, pas tant le fait qu'elle veuille supprimer le passé, sa moustache ou Java, mais que toutes ces manœuvres soient dirigées contre lui, calculées, visent à le monter contre elle pour qu'il ne puisse pas, qu'il ne veuille plus lui venir en aide. Pour qu'il finisse par l'abandonner, découragé. La métaphore du maître rageur qui assomme pour son bien le candidat au suicide revint tourner dans sa tête, mais l'apaisa moins qu'au café, dans l'après-midi. Il se demanda si elle dormait vraiment : il ne l'avait pas vue prendre les somnifères. Sur la pointe des pieds, il alla vers la porte de la chambre qu'il ouvrit en veillant à ce qu'elle ne grince pas, en luttant pour écarter une image atroce, plus atroce encore que celle de la petite vieille en tenue de poupée : Agnès éveillée, assise en tailleur sur le lit, qui avait prévu chacun de ses gestes, l'attendait avec un sourire de triomphe démoniaque, la bave aux lèvres, comme la gamine possédée du film *L'Exorciste*. Mais elle semblait dormir paisiblement. Il s'approcha du corps lové en chien de fusil, sous les couvertures, le corps de la femme qu'il aimait, craignant de surprendre l'éclat d'un œil ouvert, aux aguets.

Non.

Il resta plusieurs minutes debout, à la regarder dans la lumière diffuse provenant du salon, puis ressortit, pas rassuré pour autant. Il passa la nuit allongé sur le canapé, mains croisées derrière la nuque, sans dormir. Il répétait les plans arrêtés dans l'après-midi, décidé à s'y tenir malgré la fièvre accrue du soir : entrer dans le jeu d'Agnès, appeler Jérôme sans qu'elle le sache, appeler un psychiatre, et cela le calmait un peu d'imaginer comment il allait tourner les difficultés d'application de ce programme, comment, sans la laisser seule, il s'isolerait pour téléphoner. A un moment, le voyant rouge du répondeur, qu'ils avaient oublié de consulter en rentrant, attira son attention. Il écouta les messages, le son réglé au minimum, l'oreille collée contre le haut-parleur. Jérôme, apparemment inquiet, puis son père qui, comme chaque semaine leur rappelait le déjeuner du lendemain, une attachée de presse qui voulait parler à Agnès, encore Jérôme — la fois où ils n'avaient pas décroché. Il nota le nom de l'attachée de presse, effaça les messages. Il s'assoupit un peu avant l'aube, conscient qu'il n'avait guère dormi depuis deux jours, qu'il ne s'était pas rasé, même la barbe, et qu'il allait falloir être en forme physique pour affronter la suite.

Le téléphone sonna au moment de son rêve où il se demandait si on disait une moustache ou des moustaches. Quelqu'un qu'il ne parvenait pas à identifier répondait qu'on pouvait dire les deux, comme un pantalon ou des pantalons, puis éclatait d'un petit rire sec lui donnant à penser que c'était bien une remarque de psy et qu'on n'allait pas tarder à lui sortir des histoires de castration. Cette coïncidence fit que la voix de Jérôme, au bout du fil, ne le surprit pas et qu'il retrouva instantanément sa lucidité.

« Alors, tu m'expliques ce qui se passe ?

— Une seconde, ne quitte pas. »

Pour qu'Agnès n'entende pas, il pensait fermer la porte de la chambre, ouverte à présent, mais s'aperçut en jetant un coup d'œil qu'elle n'y était plus. Ni dans la cuisine, ni dans la salle de bains, ni dans les toilettes, qu'il inspecta en hâte.

« Agnès n'est pas chez toi ?, demanda-t-il, à tout hasard, en reprenant le combiné

— Non, pourquoi ? »

Il hésita une seconde, entre courir, n'importe où,

à sa recherche, et profiter de son absence pour parler à Jérôme. Il se décida pour la seconde solution, convaincu qu'il fallait faire vite, afin de n'être pas surpris quand elle reviendrait. Si elle revenait, si elle n'était pas morte, ou enfermée dans un placard, à l'espionner.

« Écoute, dit-il d'une voix dont la netteté l'étonna, Agnès ne va pas bien du tout. Est-ce que tu connais un psychiatre sérieux ? »

Silence au bout du fil, puis : « Oui, je pense. Qu'est-ce qu'elle a ?

— Elle t'a téléphoné, non ? Avant hier ?

— Non, dit Jérôme.

— Elle ne t'a pas téléphonné pour te dire... — Il hésita.

— Pour me dire quoi ?

— Pour te dire — il se jeta à l'eau — que je n'avais jamais porté de moustache. »

Nouveau silence.

« Je ne comprends pas », finit par dire Jérôme.

Silence encore.

« Soyons clairs, reprit-il : tu as dû remarquer que j'avais rasé mes moustaches ? »

Étrangement, l'usage qu'il venait de faire du pluriel l'alarma. Jérôme rit doucement, comme dans le rêve.

« Ni tes moustaches, ni ta moustache. C'est ça qui ne va pas ? »

Il se raccrocha au bras du canapé. Le manège repartait dans l'autre sens, il fallait l'arrêter, descendre coûte que coûte. Pour cela, garder son calme.

« C'est ça, oui, parvint-il à articuler. Tu es à l'agence ?

— Figure-toi...

— Demande à Samira, alors.

— Samira est au café, mais je t'assure, je peux te le dire tout seul. Et toi, j'aimerais que tu m'expliques.

— Tu me jures qu'Agnès ou quelqu'un d'autre ne t'a pas demandé de me dire ça ?

— De dire que tu as une moustache ?

— Non, que je n'en ai jamais eu. Écoute, Jérôme, quoi qu'elle t'aie raconté, il faut que tu me le dises. C'est grave. Je sais que ça paraît absurde mais ça n'est pas une blague.

— Tu admettras que j'ai du mal à te croire, mai si tu veux, je te jure solennellement qu'Agnès ne m'a pas appelé et que tu n'as pas de moustache. Si, un peu, depuis hier. Je te l'ai d'ailleurs fait remarquer. »

Il abandonna le ton plaisant, sa voix se radoucit : « Si je comprends bien, Agnès et toi êtes persuadés que tu portais la moustache. C'est ça ?

— Moi seulement », avoua-t-il, presque heureux de se laisser aller, de répondre aux questions comme un écolier à un maître qui connaît la réponse, le corrigera s'il se trompe.

« Et Agnès ?

— Agnès dit que non. »

Il pensa parler de Java, mais Jérôme reprit : « Écoute, si tu ne blagues pas...

— Je ne blague pas.

— Alors je crois qu'effectivement quelque chose

ne tourne pas rond. Et pas chez Agnès. Tu as beaucoup travaillé ces derniers temps...

— Toi aussi.

— Moi aussi, mais je n'ai pas d'hallucinations, jusqu'à nouvel ordre. Je pense que tu traverses une sorte, peut-être pas de dépression, mais de passage à vide, et que tu dois effectivement aller voir un psychiatre. Je peux t'en indiquer un. Agnès réagit comment?

— Agnès... »

Il entendit la clé tourner dans la serrure de la porte d'entrée.

« Je crois qu'elle arrive, dit-il précipitamment. Je te rappelle.

— Non, passe-la-moi », ordonna Jérôme.

Mais il raccrocha.

« J'ai apporté des croissants, dit Agnès en entrant. Il fait beau. Qui était-ce? »

Elle avait entendu le déclic.

« Personne », marmonna-t-il sans la regarder. Le téléphone sonna de nouveau. Il voulut décrocher mais elle le devança. Il savait que c'était Jérôme.

« Oui, dit Agnès, oui, tu tombes bien... Non... Je sais bien... Mais oui, je sais bien... »

Elle lui souriait en parlant, comme si tout rentrait dans l'ordre. Quand il voulut s'emparer de l'écouteur, elle posa fermement la main dessus et, s'adressant à lui:

« Tu peux me donner de quoi écrire? »

Il obéit, apporta un feutre et un bloc qu'elle saisit en lui caressant la main au passage.

« Oui, reprit-elle, comment dis-tu?... Sylvain quoi?... Oui, je note. »

Le combiné coincé entre le menton et l'épaule, elle écrivit sur le bloc : Sylvain Kalenka. « Avec deux K ? » Puis, un numéro de téléphone.

« Aujourd'hui ? Même le dimanche?... Bon... Jérôme, tu as été formidable, merci. Je te rappelle. »

Elle raccrocha. Maintenant, la suite, pensa-t-il

« Je vais préparer le café », annonça-t-elle.

Il la suivit dans la cuisine, la regarda faire, appuyé au chambranle de la porte. Ses gestes étaient précis, efficaces. Le soleil portait sur le carrelage.

« Alors, c'est moi?, dit-il enfin, les yeux baissés.
— J'ai l'impression, oui. »

Elle ne parvenait pas à dissimuler son soulagement. Comme si maintenant, depuis le coup de fil de Jérôme, tout devenait clair, en voie de s'arranger. Il était fou, voilà, on allait le soigner. Et cela le soulageait aussi, en un sens, la perspective de se laisser aller, de se remettre aux mains d'Agnès, de Jérôme, du psychiatre Sylvain Kalenka à qui il pardonnait d'avance ses airs entendus, ses remarques sur le pluriel des moustaches, des pantalons, le complexe de castration.

La cafetière hoquetait, elle jeta le filtre à la poubelle, vidée la veille, puis déposa les tasses sur le plateau qu'il emporta au salon. La graisse perçait déjà le sac de croissants, sur la table basse.

Mais, pensa-t-il, s'il en était ainsi, en quoi l'arbitrage de Jérôme revêtait-il pour elle tant d'importance ? Depuis deux jours qu'il délirait, elle devait savoir à quoi s'en tenir. Elle n'avait pu connaître les doutes qu'expliquaient, dans son cas à lui, les attitudes troublantes, contradictoires, de Jérôme et Samira, de la femme au landau ; elle aurait dû être sûre depuis le début, s'en tenir, forte de cela, à une ligne de conduite. Pourtant, elle n'avait cessé d'en changer. Lui aussi, bien sûr, mais lui était fou. Si un fou se met à nier l'évidence, c'est à lui d'apporter des preuves de ce qu'il soutient et, comme il n'en a pas, de s'attaquer à celles qui le démentent, de faire des caprices. Au contraire, la réaction normale de l'interlocuteur sain d'esprit est de lui opposer, avec constance et conviction, des témoignages qu'il est facile de rassembler. De le confronter à des tiers, de lui montrer des photos. Or, entre le coup de fil nocturne à Véronique et le moment où Jérôme, de sa propre initiative, s'en était mêlé, elle n'avait apparemment consulté personne. Et, au lieu de s'en servir, elle avait caché les photos. Vraiment, dans son attitude à lui, qu'il soit fou ou non, tout se tenait. Pas dans celle d'Agnès. Mais peut-être était-ce la folie qui, justement, lui faisait penser cela...

Elle lui tendit une tasse de café, qu'il reposa sur le plateau sans y mettre de sucre.

« Les photos, dit-il.

— Quelles photos ? »

Elle but une gorgée de café, lentement, en le regardant par-dessus la courbure de la tasse.

« Celles de Java.

— Nous n'y sommes pas allés.

— Alors ça vient d'où, ça ? »

Il désigna la couverture recouvrant le mur. Il se

rappelait dans les moindres détails la longue séance de marchandage, dans le village, le plaisir qu'elle avait montré quand ils avaient enfin conclu l'affaire, et même les quelques mots d'indonésien qu'ils avaient appris au cours du voyage : « selamat siang, selamat sore, terimah kasih... » Mais bien sûr, on a vu des fous parler dans leur délire des langues dont ils ignoraient tout.

Elle répondit d'une voix égale, comme si elle récitait une leçon, comme s'il avait déjà posé la question cinq minutes plus tôt :

« C'est Michel qui nous l'a rapportée.

— Alors, d'autres photos.

— Tu veux vraiment ? »

Elle secoua la tête, l'air de se reprocher sa complaisance pour un enfantillage, mais se leva, alla dans la chambre d'où elle revint avec un fouillis de tirages couleur qu'elle posa par terre, près du plateau. Au moins, elle ne les avait pas détruits. Un à un, il les prit, sans faire aucun effort pour se souvenir des lieux, des circonstances où les photos avaient été réalisées : à la campagne, chez les parents d'Agnès, à la Guadeloupe... Celles de Java, bien sûr, manquaient, mais sur toutes celles qu'il avait entre les mains, il portait la moustache. Il lui en tendit une.

« Je veux seulement t'entendre dire que je n'ai pas de moustache sur cette photo. Ensuite, ce sera fini. »

Elle soupira.

« Dis-le, insista-t-il. Que ce soit clair, au moins.

— Non, tu n'as pas de moustache sur cette photo.

« — Ni sur aucune autre ?
— Ni sur aucune autre.
— Bien. »

Il rejeta la tête en arrière, sur le bord du canapé, ferma les yeux. C'était clair en effet, il ne restait plus qu'à se soigner. Et, en un sens, il comprenait qu'elle ait caché les photos, pour lui éviter de gratter la plaie. A sa place... Mais la veille encore, il était à sa place, certain qu'elle était malade, elle, et pas lui. Et elle, pendant tout ce temps, maintenant encore, tenait exactement les mêmes raisonnements : il est fou, mais je l'aime, je l'aiderai à s'en tirer. Se rappelant ses propres affres, il la plaignait. Et se sentait aimé, aussi, avec une sorte de rage.

« Si tu veux qu'on n'aille pas déjeuner chez tes parents... dit-elle doucement.

— Je préfère pas, tu as raison, répondit-il sans ouvrir les yeux.

— Je vais les appeler. »

Il l'entendit décrocher le téléphone, parler à sa mère, et admira un enjouement qu'il savait feint, même si la fin de l'incertitude la soulageait. Elle dit qu'il avait un gros travail à terminer pour le lendemain, qu'il passerait la journée à l'agence, d'où il lui téléphonerait certainement. Il pensa que sa mère appellerait peut-être l'agence, comme ça, juste pour lui dire bonjour, et qu'il devrait prévenir Jérôme, ou demander à Agnès de le faire. Mais non, inutile, Jérôme avait assez de présence d'esprit pour ne pas gaffer. Il se demanda ce qu'ils pensaient tous, Jérôme, Samira, Serge, Véronique, de ce qui lui arrivait. Moins de gens seraient au courant, mieux cela vaudrait pour tout le monde. Éviter que l'affaire transpire, établir un cordon sanitaire : il avait déjà pensé cela.

Il se rappela qu'Agnès avait invité Serge et Véronique pour le soir. En dépit d'un coup de fil bizarre, ils ne savaient sans doute rien. La perspective du dîner, d'avoir à se surveiller sans cesse pour ne pas leur mettre la puce à l'oreille l'effrayait d'autant plus.

« Pendant que tu y es, dit-il, tu ne voudrais pas décommander Serge et Véronique ? J'aimerais mieux. »

Pas de réponse. Il répéta sa demande, certain qu'elle ne protesterait pas. Dans son état, le besoin de solitude allait de soi. Agnès se tenait derrière lui, debout près du canapé ; la neutralité forcée de sa voix l'alerta, mais en fait, dès que son silence s'était prolongé, il avait compris.

« Décommander qui ? »

Tout se désagrégeait. Il fit un effort pour articuler, en martelant les syllabes :

« Serge et Véronique Scheffer, nos amis. Que tu as invités ce soir. Chez qui nous avons dîné jeudi, quand tout a commencé. Serge est chargé de mission au ministère de l'Environnement, Véronique suit des cours aux Langues 'O, ils ont une maison de campagne en Bourgogne, nous y sommes allés souvent, tu y as même détraqué les radiateurs. Ce sont nos meilleurs amis », acheva-t-il dans un souffle.

Elle s'accroupit devant lui, les mains posées sur ses genoux, et commença à agiter la tête de gauche à droite, dans un geste de dénégation bizarrement mécanique. En même temps, elle disait « non », d'abord en le murmurant, puis de plus en plus fort, il pensa qu'elle allait avoir une crise de nerfs et faillit la gifler à la volée, mais elle se calma, se contenta de mordiller ses lèvres en regardant la moquette.

« Tu ne connais pas Serge et Véronique, c'est ça ? »

Elle secoua la tête.

« Alors, avec qui avons-nous passé la soirée de jeudi ?

— Mais tous les deux, tout seuls, balbutia-t-elle. Nous sommes allés au cinéma...

— Qu'est-ce que nous avons vu ?

— *Péril en la demeure.*

— Où ça ?

— A Montparnasse, je ne sais plus dans quel cinéma. »

Elle tournait obstinément la cuiller dans sa tasse vide. Emporté par la logique policière de ses questions, il faillit demander qu'elle lui montre les billets, mais bien sûr, personne ne garde les billets de cinéma, même pas durant la projection, il n'y a jamais de contrôle. Il faudrait tout garder, toujours, ne négliger aucune preuve. Comme la tribu animiste, dans le village où ils avaient acheté la couverture : la tradition se perdait mais autrefois, à ce qu'on leur avait dit, les habitants recueillaient précieusement leurs rognures d'ongles, leurs excréments, leurs cheveux, leurs poils coupés, tout ce qui faisait partie d'eux et qui leur permettrait d'entrer au paradis en toute intégrité, non mutilés...

La piste du cinéma ne menait pas très loin. Il était sûr de n'avoir pas vu *Péril en la demeure,* seulement exprimé l'intention de le voir, un de ces jours, sur la foi d'une critique. Il pressentit qu'à partir de ce moment tout s'accélérerait, que toute question qu'il poserait, ou même, sans question, toute remarque se référant à un passé commun risquerait de provoquer un nouvel éboulement. Il allait perdre ses amis, son métier, l'emploi du temps de ses journées... et l'hésitation le torturait : valait-il mieux poursuivre l'enquête, découvrir l'étendue du désastre, ou faire l'autruche, se taire, ne plus rien dire qui entraîne une nouvelle dépossession ?

« Qu'est-ce que je fais dans la vie ?, risqua-t-il.

— Architecte. »

Au moins, c'était ça de sauvé.

« Jérôme existe, alors ? Il a bien appelé tout à l'heure, pour donner l'adresse du psychiatre ?

— Oui, admit-elle. Le docteur Kalenka.

— Et toi, poursuivit-il, enhardi par ce succès, tu travailles bien au service de presse des éditions Belin ?

— Oui.

— Tu t'appelles bien Agnès ?

— Oui. »

Elle sourit, en écartant la frange qui lui cachait les yeux.

« Tu as bien téléphoné à mes parents il y a dix minutes pour dire qu'on ne viendrait pas déjeuner ? »

Il sentit son hésitation.

« A ta mère, oui.

103

— Mais on devait aller déjeuner chez mes parents, comme tous les dimanches, c'est bien ça?

— Ton père est mort, dit-elle. L'année dernière. »

Il resta une minute la bouche ouverte, catastrophé, étonné que les larmes ne coulent pas, et la catastrophe soudain était de nature différente : il souffrait moins, cette fois, de constater une nouvelle perte de mémoire, si atroce fût-elle, que d'apprendre la mort de son père, de savoir qu'il ne le reverrait plus, qu'il ne l'avait plus vu, en réalité, depuis un an. Il se rappelait, pourtant, le déjeuner du dimanche précédent. Et même sa voix, la veille, sur le répondeur. Sa voix qu'il avait effacée.

« Je suis désolée, murmura Agnès en posant timidement la main sur son épaule. J'ai mal aussi », et il ne savait pas si elle avait mal à cause de la mort de son père, du chagrin suffocant qu'il en éprouvait, ou à cause de ce qui se passait tout de suite, entre eux. Il frissonna, pour qu'elle retire sa main dont le contact, brusquement, l'exaspérait. Il aurait voulu aussi qu'elle retire ce qu'elle avait dit, comme si elle avait tué son père en le disant. Quelques minutes plus tôt, il vivait encore.

« Tout à l'heure, gronda-t-il, tu as dit : " chez tes parents ", pas " chez ta mère ". »

Elle répondit non, très doucement, secoua la tête encore, et il lui sembla que le catalogue de gestes, d'attitudes, se réduisait entre eux de manière monstrueuse : secouer la tête, fermer les yeux, se passer la main sur le visage... C'étaient des gestes ordinaires, mais qui se répétaient trop, écrasaient tous les autres comme les murs d'une chambre qui se rapprochent jusqu'à emprisonner son occupant, le broyer dans leur étau. Et le mouvement s'accélérait : Serge et Véronique, les vacances à Java dont Agnès, l'avant-veille, se souvenait encore, avaient disparu en vingt-quatre heures. Il suffisait maintenant de quelques minutes pour engloutir son père, sans même qu'il ait tourné le dos, sans que l'espace d'une nuit, d'une absence, ait séparé l'instant où Agnès, il en était sûr, avait dit « tes parents », « tu veux que je téléphone à tes parents ? », de celui où son père était rayé du monde. L'horreur s'était passée sous ses yeux, sans qu'il puisse rien faire, et elle allait recommencer. Il aurait voulu poser d'autres questions, reposer même celles qui l'avaient rassuré quelques minutes plus tôt, mais il n'osait plus, persuadé que ces gains allaient lui échapper s'il les misait de nouveau, qu'il ne serait plus architecte alors, qu'Agnès ne serait plus Agnès, dirait s'appeler Martine ou Sophie, et n'être pas sa femme, ne pas savoir ce qu'il faisait ici... Il ne fallait plus rien demander, refuser la tentation de ce toboggan, jusqu'à l'arrivée du psychiatre. Pour survivre. Ne pas téléphoner à sa mère, ne plus rien vérifier, interrompre un interrogatoire dont le docteur Kalenka se chargerait, c'était son métier, il fouillerait dans son passé, lui ferait un résumé... La fatigue, à présent, le submergeait, et une sorte de découragement résigné. Il se leva, ses jambes le portaient mal.

« Je vais essayer de dormir un peu. Appelle ce psychiatre, s'il te plaît. »

Il gagna la chambre, referma la porte derrière lui. Sans qu'il puisse l'exprimer, le sentiment de la raréfaction des gestes possibles l'obsédait, il lui semblait avoir déjà fait ça ; bien sûr qu'il l'avait fait, passer du salon à la chambre, et des centaines, des milliers de fois, mais ce n'était pas pareil, il n'y avait pas alors ce tournis de manège détraqué, venant heurter un butoir, repartant dans l'autre sens sans qu'il puisse ni descendre ni souffler. En s'isolant, aussi, il comptait laisser les coudées franches à Agnès : qu'elle puisse téléphoner à Jérôme, ou encore au psychiatre Sylvain Kalenka sans se sentir surveillée. Organiser une conjuration amicale pour le sauver. Pendant ce temps, il fallait dormir, récupérer, retrouver un peu de lucidité pour aborder la visite dans les meilleures conditions possibles. Lâcher tout, ne plus y penser, ne serait-ce que quelques heures. Dormir. Agnès le réveillerait en douceur lorsqu'il serait temps d'aller au rendez-vous, comme dans son enfance quand, grelottant de fièvre, on le conduisait en voiture chez le médecin, roulé dans une couverture, à demi-inconscient. Bien que généraliste, le médecin de famille avait plusieurs fois pratiqué la dissociation de frères siamois et cette bizarre spécialité lui valait la considération de son père, qui parlait de lui, toujours, en disant « un grand ponte »... La voix de son père s'installait dans son oreille, il se rappelait des phrases entendues récemment, et l'idée que ces phrases n'avaient pu être prononcées que dans son esprit dérangé le faisait grimacer, faute de pouvoir pleurer. Il avala un cachet de somnifère, sans eau, puis la moitié d'un autre, pour être certain de dormir. Puis il ôta ses vêtements, s'étendit, nu, sur le lit qui gardait encore l'empreinte du corps d'Agnès. Il enfonça sa tête dans l'oreiller, murmura le nom d'Agnès, plusieurs fois. Le soleil filtrait au travers des stores vénitiens, on n'entendait aucun bruit, sinon celui, lointain, très lointain, d'une machine à laver qui devait tourner quelque part dans l'immeuble. La lente et molle torsion du linge, observée à travers le hublot, était une image apaisante. Il aurait voulu, de même, laver, essorer longuement son cerveau malade. Agnès, comme lui la veille, ne quitterait certainement pas l'appartement, veillerait sur lui en prenant garde de ne pas troubler son sommeil. Il aurait aimé qu'un bruit léger, de loin en loin, lui signale sa présence, et, n'entendant rien, eut peur qu'elle soit partie, ou qu'elle n'existe plus, elle non plus. Alors il ne resterait plus rien. L'angoisse le fit se lever, entrouvrir la porte. Elle se tenait assise sur le canapé du salon, le buste droit, les yeux fixant le magnétoscope, en face d'elle. Le grincement de la porte lui fit tourner la tête, il vit qu'elle pleurait. « S'il te plaît, dit-il, ne disparais pas. Pas toi. » Elle répondit seulement : « Non. Dors », sans y mettre d'intensité particulière, et c'était mieux ainsi. Il referma la porte, retourna s'allonger.

Dormir, maintenant, ne pas penser. Ou, puisqu'il fallait bien penser à quelque chose, pour s'endormir, se dire qu'il allait bientôt, très bientôt, être entre les mains de la science. Qu'on allait savoir ce qu'il avait. A quoi ressemblerait le docteur Kalenka ? L'imagerie populaire représentait traditionnellement le médecin de l'âme sous les traits d'un monsieur d'un certain âge, sagace et barbichu, pourvu d'un rocailleux accent d'Europe centrale, et comme l'imagerie populaire était certainement fausse, tout au moins désuète, il se le figurait en sens inverse comme un type baraqué, direct, aux allures de présentateur télé, ou plutôt de jeune flic, comme ils sont maintenant : veste déstructurée, ou blouson, et cravate en tricot. D'imaginer sa tenue, en détail, l'aiderait à s'endormir. Mais qu'est-ce qu'il était au juste ? Psychiatre, psychanalyste, psychothérapeuthe ? Sachant que les psychanalystes n'étaient pas forcément médecins, il espérait que Sylvain Kalenka serait un psychiatre : dans un cas comme le sien, il ne fallait pas tomber sur un type qui prétendrait le faire parler, raconter son enfance pendant deux ans, tout en hochant la tête et en faisant mine de trouver ça intéressant, mais sur un partisan de cures plus musclées, un fonceur efficace, diplômé, qui dirait au bout d'un quart d'heure, sans hésitation : voilà, c'est ça, votre maladie porte tel nom, se soigne avec tel médicament, je connais, vous n'êtes pas le premier. Les mots rassurants d'amnésie partielle ou passagère, de dépression nerveuse, de décalcification, dansaient dans sa tête où résonnait toujours le « grand ponte » respectueux de son père. Et Jérôme, certainement, n'aurait pas recommandé un charlatan, ni un petit ponte. Mais, si grand ponte qu'il fût, était-il possible que le docteur Kalenka ne soit pas déconcerté par un patient persuadé d'avoir eu une moustache pendant dix ans, d'avoir passé ses vacances à Java, d'avoir encore son père, des amis portant tel nom, alors que son épouse lui expliquerait patiemment que non, qu'il avait toujours été glabre, qu'ils n'étaient jamais allés à Java, que son père était mort l'an dernier et qu'il en avait été très affecté? Peut-être même fallait-il chercher là l'origine de sa crise, une crise à retardement, d'autant plus violente qu'elle avait longtemps incubé.

Il gloussa nerveusement, saisi par l'appréhension classique du malade qui, dans l'antichambre du médecin, craint de voir disparaître les symptômes qu'il s'apprêtait à lui soumettre. Et si, devant le docteur Kalenka, tout rentrait dans l'ordre, s'il se rappelait brusquement n'avoir jamais porté de moustache, avoir enterré son père l'an dernier? Et si au contraire, en examinant les photos, Kalenka lui donnait raison, voyait la moustache et le jugeait fou parce qu'il se ralliait à l'avis d'Agnès, admettait une aberration qu'un simple coup d'œil suffisait à dissiper? Son père serait vivant, alors, il pourrait lui téléphoner, expliquer ce qui arrivait à Agnès... Il se débattait mollement, à présent, entre la conviction que caresser ce rêve était dangereux, malsain, et celle que le plaisir qu'il en tirait l'aiderait à s'endormir. D'où venait, après tout, sa docilité? Des affirmations d'Agnès et de Jérôme? En y réfléchissant, il sentait poindre une sorte d'excitation, celle du détective confronté à une énigme apparemment insoluble et découvrant soudain que, depuis le début, il l'envisage sous un angle faussé, qu'un brusque changement de perspective va, il sent qu'il brûle, lui en révéler la clé. Quelles hypothèses, en fait, avait-il examinées? Premièrement, il était fou.

Et ça, en réalité, même si les apparences militaient contre lui, il savait bien que non. Signe de folie, bien sûr, on peut toujours dire ça, mais non, non, ses souvenirs étaient bien trop précis. Donc son père vivait, ses amis existaient, il avait rasé sa moustache. En admettant cela, deuxième hypothèse : Agnès était folle. Impossible, les autres ne seraient pas entrés dans son jeu. Au début si, peut-être, croyant à une blague, mais pas ensuite, pas Jérôme, quand il était devenu clair que l'affaire dépassait ces proportions bénignes. Troisièmement : Agnès faisait bel et bien une blague, la poussait très loin et s'était assurée leur complicité. Même objection : on aurait arrêté les frais en voyant que ça tournait au vinaigre. En outre, à cause de Sylvie, Jérôme ne plaisantait pas avec ce genre de choses et, de toute manière, en pleine charrette, son intérêt était que son associé vienne travailler à l'agence, pas qu'il se morfonde chez lui en croyant devenir dingue. Restait un quatrièmement, qu'il n'avait pas envisagé jusqu'à présent. C'était qu'il s'agissait d'autre chose que d'une blague, même de très mauvais goût, de quelque chose de beaucoup plus grave, qu'il fallait bien regarder en face, au moins à titre d'hypothèse : un plan dirigé contre lui, visant à le rendre fou, à le pousser au suicide ou à le faire enfermer dans une cellule capitonnée.

Il se redressa sur le lit, craignant soudain, après l'avoir espéré, que le somnifère ne fasse son effet. Il avait pris une dose de cheval, pas dormi, ou presque, depuis 48 heures, et à peine mangé, il se sentait très faible. Pourtant, même si sa pensée se mouvait dans une sorte de gangue cotonneuse, elle gagnait en acuité, avançait comme la pointe d'un cutter, tranchant dans le brouillard, il lui semblait l'entendre crisser en bâtissant son raisonnement. Absurde, bien sûr, invraisemblable, aussi absurde et invraisemblable que ces films policiers dont le suspense dissimule les failles de construction, comme *Les Diaboliques*, ou *Chut, chut, chère Charlotte*, où les conspirateurs, tout en mettant en scène leurs apparitions pseudo-surnaturelles, passent leur temps à rassurer leur malheureuse victime, à lui dire : « Tu es très fatiguée, ma chérie, repose-toi, ça va passer... » Exactement ce qu'on lui disait, ou plutôt ce qu'il se disait lui-même. Et si on avait misé là-dessus, sur la certitude qu'une idée aussi absurde, invraisemblable, n'avait qu'une chance sur un million de lui venir à l'esprit ? *Les Diaboliques,* autant qu'il se souvienne, s'inspiraient d'un fait divers authentique... Et, preuve qu'elle n'était pas si absurde, l'idée avait bien failli ne pas lui venir, il allait s'endormir en confiance, s'abandonner à un trompe-l'œil. Mais ses yeux se dessillaient, il fallait veiller, ne pas lâcher prise, examiner posément le problème en partant du principe que, s'il n'existait qu'une seule explication, si monstrueuse fût-elle, c'était obligatoirement la bonne. Il reprit l'inventaire de ses arguments. Il n'était pas fou, premier point acquis. Maintenant, hormis Serge et Véronique, à qui on avait pu faire le coup de la blague, hormis Samira, que Jérôme avait pu conditionner, qui restait-il ? Agnès et Jérôme. Jérôme et Agnès. Combinaison classique : le mari, la femme et l'amant, inutile d'aller chercher plus loin. Objection : s'il y avait une liaison entre eux, il s'en serait aperçu, il y aurait eu des signes. Mais non, pas forcément, et le plan tout entier reposait sur son aveuglement. Autre objection : Agnès aurait pu demander le divorce. Il en aurait souffert, atrocement, mais elle était libre, il n'aurait pu la retenir, et il n'y avait aucun héritage à la clé, rien qui justifiât qu'elle tienne à être sa veuve. Cependant, c'est une objection qu'on peu opposer à la plupart des crimes passionnels, et les gens en commettent quand même. L'idée qu'Agnès, sa femme, et Jérôme, son meilleur ami conspiraient contre lui, ne pouvait s'imposer qu'au prix d'un renversement mental insensé, mais, outre qu'il dessinait une figure répandue, ce renversement, une fois opéré, expliquait tout. Ce mobile admis, les fais s'emboîtaient. Serge et Véronique, dans la première phase, étaient complices sans le savoir, croyaient participer à un canular typiquement d'Agnès, et ensuite on les éliminait. Pas physiquement, bien sûr, simplement en les sortant du jeu, en l'empêchant de communiquer avec eux, d'une façon ou d'une autre. Une fois menée à bien cette préparation psychologique, Jérôme entrait en scène, n'en sortait plus, prenait tout en main, le coupait insidieusement des autres en assumant le rôle de l'ami dévoué, toujours là quand ça ne va pas, en concentrant sur lui toute sa confiance. Et il sortait de sa manche le docteur Kalenka. Certainement pas un vrai psychiatre acquis à leur complot, mais un second couteau, chargé d'achever de semer le trouble dans son esprit. Ou bien, c'était plus vraisemblable, car on ne se met pas à cinquante pour commettre une crime parfait, il n'y avait pas du tout de docteur Kalenka. Agnès, tout à l'heure, ou demain, le conduirait dans un appartement, sans doute à un étage élevé, il n'y aurait pas de plaque sur la porte, ou peut-être une fausse plaque, par perfectionnisme, et la porte donnerait sur le vide, sur un chantier de construction, Jérôme se tiendrait dans l'angle, le pousserait, on conclurait qu'il traversait une phase de dépression, qu'il s'était suicidé. Non, là ça ne tenait pas, trop peu de gens étaient informés de la prétendue dépression, il fallait davantage de témoignagnes pour les innocenter, à supposer qu'on les soupçonne, or toute leur stratégie visait à écarter de possibles témoins... Cette faille du raisonnement l'irrita. Puis, il pensa que le but n'était pas tant de le faire passer pour fou que de le rendre effectivement fou et d'attendre qu'on l'interne, ou bien qu'il se suicide. Considéré ainsi, ça tenait mieux la route. C'était même imparable. Il suffisait qu'Agnès, en tête à tête, persiste à nier ses souvenirs et ses certitudes, à provoquer de nouveaux éboulements en feignant d'en être épouvantée, et que Jérôme l'y aide en intervenant aux moments psychologiques. Personne ne l'empêchait de communiquer avec personne, c'était lui qui, affolé, n'osait plus le faire. Et s'il le faisait, s'il appelait son père, ou Serge et Véronique, s'il allait les voir, la confiance qu'il en retirerait serait détruite le soir même par Agnès. Elle le prendrait dans ses bras, en répétant doucement que son père était mort, ferait une crise de nerfs ; Jérôme, comme par hasard, appellerait à ce moment-là, confirmerait, raconterait l'enterrement et ce serait comme avec la femme au landau, un coup pour rien, une tentative aussi vaine que les coups de queue furieux d'un poisson pris au filet. Même une confrontation, un dîner par exemple avec Agnès et son père ne servirait à rien, une fois rentrés à la maison, enfin seuls. Il se demanderait sans cesse s'il perdait la raison, s'il voyait des fantômes, si on lui mentait et pourquoi, c'était beaucoup plus subtil et plus simple à la fois que *Les Diaboliques*. En quelques jours, ce travail de sape porterait ses fruits. Déjà il se retranchait, renonçait à la plus facile des vérifications, n'osait plus rien demander à personne. En quelques jours, avec du doigté, sans violence, aucune, et même sans complicité extérieure, Agnès et Jérôme l'auraient bel et bien persuadé de sa folie, en douceur rendu fou. Et s'il les accusait, montrait qu'il les avait percés à jour, ce serait une preuve de plus, il voyait déjà leurs visages incrédules, catastrophés. Ils le laissaient accomplir tout le travail, se détraquer lui-même. Et, de ce fait, maintenant qu'il avait compris, l'initiative lui appartenait, il lui restait à contre-attaquer, sur leur propre terrain, à établir un plan aussi tordu que le leur pour les prendre à leur propre piège.

Peut-être, cependant allait-il un peu vite en éliminant le risque d'une agression physique. Leur combine était tellement sophistiquée, ils devaient en avoir si bien prévu le déroulement que, depuis cinq minutes qu'il l'avait devinée, un élément décisif pouvait lui avoir échappé. Il se pouvait très bien que le coup de grâce soit imminent, complètement imprévisible, et qu'il fasse trop tard le raisonnement qui permettrait de le parer. Deux solutions, donc : soit il laissait venir, se comportait comme s'il n'avait rien compris, suivait sagement Agnès chez le soi-disant docteur Kalenka, et il courait alors un risque d'autant plus énorme qu'il ne se le représentait pas. Soit il prenait la fuite, abattait d'un coup leur fragile château de cartes et s'assurait une position de repli. Il se sentait assez lucide pour comprendre que le manque de sommeil, le somnifère, peut-être aussi des drogues qu'on lui avait fait avaler risquaient d'affecter son jugement, ses réflexes, donc que la solution de prudence s'imposait. Au moins le temps de récupérer des forces, de bâtir son plan de défense à tête reposée. Cela dit, il se leurrait sans doute en croyant les surprendre : la combine, encore une fois, était trop bien goupillée pour que l'hypothèse de sa fuite n'y soit pas prévue. C'était même ça le plus effrayant : savoir que ce qu'il découvrait maintenant seulement, et encore, pas dans le détail, eux l'avaient programmé depuis plusieurs jours, des semaines, des mois peut-être, qu'ils se tenaient prêts à toutes les éventualités. Il fallait donc, en priorité, réduire leur avance, et peu importait pour l'instant qu'il fasse capoter tout leur plan ou qu'il n'en choisisse qu'une des modalités possibles. Prendre la fuite, donc. Tout de suite, n'importe comment, à n'importe quel prix. Il n'avait que le salon à traver-ser pour se retrouver dans l'entrée. Aucun bruit, depuis sa retraite dans la chambre, ne l'avait alerté : Agnès était donc seule, il n'aurait qu'elle à affronter et tant pis si elle devinait qu'il avait tout compris. Il se leva, tituba, sa tête allait et venait sur ses épaules comme celle d'un pantin. Il aspira une goulée d'air, et se mit en devoir d'enfiler ses vêtements. Slip, chaussettes, pantalon, chemise, veste, souliers enfin, par chance il s'était déshabillé dans la chambre. Il ferma les yeux un instant, pour se concentrer, avec l'impression d'être dans un film de guerre, sur le point de quitter un abri pour s'élancer en terrain découvert, sous une rafale de balles. Inutile de prendre l'air dégagé et de dire qu'il allait chercher des cigarettes, mieux valait foncer.

Il respira une dernière fois, un grand coup, puis ouvrit la porte et traversa le salon en courant, sans regarder autour de lui. Il n'entrevit Agnès qu'au moment de pivoter pour tirer la porte d'entrée : encore assise sur le canapé, elle ouvrait la bouche pour crier, mais il était déjà sur le palier, dans l'escalier, dévalant les marches quatre à quatre, le sang battait à ses tempes, il entendait à peine la voix d'Agnès, penchée sur la rampe, qui l'appelait, hurlait son nom, déjà il courait dans le hall, dans la rue, tant pis, il n'avait pas les clés de la voiture, il courut sans s'arrêter jusqu'au carrefour Duroc, son cœur battait, il y avait des gens aux terrasses des cafés, insouciants, paisibles, c'était un dimanche après-midi de printemps. Il s'élança dans l'escalier du métro, sauta par-dessus les barrières, continua de courir jusqu'au quai, qu'il atteignit au moment où la rame arrivait. Il monta, descendit deux stations plus loin, à la Motte-Picquet. A cause du point de côté, qui s'éveillait à retardement, il regagna l'air libre d'un pas de petit vieux, cassé en deux. Il se demanda si Agnès avait tenté de lui courir après ou si elle avait

116

tout de suite téléphoné à Jérôme. De l'imaginer annonçant qu'il y avait un os le fit ricaner doucement. Mais peut-être ricanait-elle aussi, en disant que tout se passait comme prévu.

Sous le pont du métro aérien, il chercha des yeux une cabine, de la monnaie dans les poches de sa veste, trouva l'une et l'autre, son point de côté s'en allait. La cabine, comble de chance, fonctionnait. Il forma le numéro de ses parents. Occupé. Il attendit, recommença, laissa sonner longuement, sans réponse. Il songea, en attendant, à appeler la police, mais il ne disposait pas d'arguments suffisants, on lui rirait au nez. Et surtout, il voulait voir son père. Non pour s'assurer qu'il était vivant, cela il le savait, mais simplement pour le voir, lui parler, exactement comme si on venait de le détromper après lui avoir annoncé sa mort par erreur, dans un accident d'avion dont toutes les victimes n'auraient pas encore été identifiées. Comme on ne répondait toujours pas, il résolut d'aller boulevard Émile-Augier. Il vérifia qu'il avait assez d'argent sur lui pour prendre un taxi, gagna la station au carrefour de la rue du Commerce et s'affala sur la banquette. Si ses parents n'étaient pas chez eux, il les attendrait jusqu'à ce qu'ils rentrent, sur le palier. Non, pas sur le palier. Jérôme et Agnès devaient délibérer, penser qu'il irait là, et ce serait un jeu pour eux de le coincer. Il voyait déjà l'ambulance stationnée devant l'immeuble, les infirmiers costauds à qui ils diraient de ne pas faire attention à ses protestations ; ils risquaient, voyant leur proie leur échapper, de miser le tout pour le tout, les grands moyens, de précipiter les choses en provoquant une telle embrouille qu'il se retrouverait dans une camisole de force et d'ici peu réellement fou à lier. Matériellement, cependant, il y avait peu de chances qu'ils arrivent avant lui chez ses parents. Si ceux-ci étaient absents, il se réfugierait dans un café, à La Muette, téléphonerait à intervalles réguliers jusqu'à ce qu'on décroche.

Le taxi avait traversé la Seine, contournait la Maison de la Radio pour prendre la rue de Boulainvilliers. Il se regarda dans le rétroviseur ; pâle, les traits tirés, une barbe de trois jours mangeant le visage. Deux jours, corrigea-t-il mentalement. Deux jours sans dormir, et bourré de somnifères, il tenait bien le coup.

« Quel numéro ? demanda le chauffeur, arrivé à La Muette.

— Je vous dirai d'arrêter. »

Merde, pensa-t-il, il ne se rappelait plus le numéro. Le numéro de l'immeuble de ses parents, où il avait vécu toute son enfance. Cela se produisait souvent pour des amis, il savait très bien retrouver des immeubles dont il n'avait jamais connu le numéro, mais ses parents... C'était absurde. La fatigue, les somnifères, pertes de mémoire partielles... Le taxi longeait à petite allure le large boulevard en courbe, il reconnaissait les grilles, au milieu, ceignant la voie ferrée sur laquelle autrefois passait le petit train, les hautes façades bourgeoises, bien ravalées. Elles étaient noires de crasse, dans son enfance ; il se rappelait le ravalement, les échafaudages et les bâches qui, pendant un mois, plus peut-être, avaient aveuglé les fenêtres, privant les locataires d'une lumière qui n'était pas le moindre agrément de leur position élevée...

L'étage. Il ne se rappelait pas non plus l'étage.

« Stop », dit-il.

Il paya, descendit, les mains moites. Réfléchit. Une chose était sûre : ses parents demeuraient du côté droit du boulevard Émile-Augier, en venant de La Muette, puisqu'il n'y avait pas de côté gauche : le côté gauche s'appelait boulevard Jules-Sandeau. Et il connaissait aussi le code de la porte cochère. Il eut envie de le noter, pour être certain de ne pas l'oublier, mais il n'avait rien sur lui pour écrire et n'osait arrêter un passant. Du reste, personne ne passait. Il arpenta le trottoir. On ne pouvait même pas dire que tous les immeubles se ressemblaient, il y avait des différences, même s'ils dataient de la même époque, impossible de ne pas trouver le bon, il y avait vécu dix ans, il y retournait une fois par semaine, et en plus il était architecte. Lorsqu'il arriva presque à l'avenue Henri-Martin, il comprit qu'il était, de toute façon, allé trop loin et rebroussa chemin en redoublant d'attention. Malgré quoi, il se retrouva à La Muette. Il entra dans une cabine, une chance qu'il n'ait pas oublié le numéro de téléphone depuis tout à l'heure. Au moment où il le composait, la sirène d'une ambulance retentit, pas très loin, sa main se crispa sur le combiné, personne ne répondait. Et ses parents, il le savait, ne figuraient pas dans l'annuaire, ils tiraient même une certaine vanité du fait de payer pour ça. Affolé, il reprit ses recherches, suivit à nouveau le boulevard en s'arrêtant à chaque porte. On n'entendait plus l'ambulance, mais le numéro de code, qu'il se répétait en craignant de le mélanger avec celui du téléphone, ne lui servait à rien. Presque tous les immeubles arboraient des claviers identiques : les neuf premiers chiffres, plus deux ou trois lettres. Il pianota quand même, en désespoir de cause, sur plusieurs d'entre eux, sonna pour appeler une concierge qui l'envoya promener en disant qu'il n'existait personne de ce nom, le sien, dans son immeuble, et se retrouva avenue Henri-Martin. Il refit le trajet sur l'autre trottoir, en pure perte puisque ce n'était même pas le boulevard Émile-Augier. Il croisa une femme qui ressemblait à sa mère, mais ce n'était pas non plus sa mère. De cette catastrophe-là, ni Jérôme ni Agnès ne pouvaient être tenus pour responsables, mais seulement sa fatigue, peut-être aussi une drogue qu'ils lui avaient fait absorber, ou bien ils avaient pleinement réussi, déjà, il devenait fou pour de bon.

De retour à La Muette, il s'assit sur un banc et s'efforça de pleurer, espérant ainsi calmer ses nerfs, recouvrer une lucidité qu'il sentait flancher. Il était en plein Paris, dans un quartier paisible, par un après-midi de printemps, et on voulait le rendre fou, le tuer, et il n'avait nulle part où aller. Il fallait qu'il fuie, vite, avant qu'ils n'arrivent. Il savait que son trouble suffirait à confirmer tout ce qu'ils diraient, s'ils décidaient de le faire enfermer tout de suite, sans plus attendre. Et s'il prenait les devants ? S'il allait trouver, soit les flics, soit un hôpital, en racontant tout ? Mais la perspective, justement, de tout raconter, de dévider ce qui, aux yeux de n'importe quelle personne sensée ne pouvait apparaître que comme un tissu d'absurdités, de voir le flic, devant lui, téléphoner à Agnès en lui demandant de venir le chercher... Non, ce n'était pas possible. Aucun refuge, personne à qui se confier. S'il avait eu une maîtresse, une double vie... mais sa vie était liée à celle d'Agnès, ses amis étaient les siens, elle avait dû leur faire la leçon, appeler l'un d'entre eux revenait à se livrer à l'un de ses rabatteurs, à se jeter dans la gueule du loup. Il fallait fuir, vite, laisser derrière lui son père peut-être mourant — pourquoi pensait-il ça? — gagner un répit. Un hôtel? Dangereux aussi, ils chercheraient de ce côté-là, il se ferait cueillir au réveil. Plus loin, mettre de la distance, du temps, entre lui et ce cauchemar. Quitter la ville, le pays, oui, c'était la seule solution.

Mais comment? Il avait cinquante francs sur lui, ni chéquier, ni passeport, ni carte de crédit. Il fallait qu'il repasse à l'appartement. Il ricana : s'il allait à l'hôtel, un des cinq cents ou mille hôtels de Paris, il croyait se jeter dans la gueule du loup et rentrer chez lui, ça oui, c'était faisable? Ridicule, sauf que... Sauf qu'ils devaient l'attendre n'importe où sauf là, s'être lancés à sa recherche et qu'il suffisait de téléphoner pour s'assurer qu'ils étaient absents. Dans leur situation, aucune chance qu'ils ne décrochent pas. Enfin, très peu de chances, c'était un risque à courir. Il se leva, voulut faire avant de partir une dernière tentative pour retrouver l'immeuble de ses parents, mais non, le temps pressait, il héla un taxi, se fit conduire au carrefour Duroc. Son plan, dans sa simplicité, lui semblait lumineux, il en riait presque.

Arrivé à destination, il se précipita dans le café d'angle, remarquant au passage que la population de la terrasse s'était clairsemée. L'après-midi tirait à sa fin, l'air fraîchissait. Au comptoir, il demanda à téléphoner, le garçon dit que le téléphone était réservé aux consommateurs.

« Alors, faites-moi un café, le plus dégueulasse possible, et buvez-le à ma santé. »

L'autre, en tirant la gueule, lui tendit un jeton, il posa un billet sur le comptoir et descendit au sous-sol en se félicitant de sa repartie, qui lui semblait témoigner de la sûreté de ses réflexes. La cabine puait, il chercha son numéro dans l'annuaire, puis le composa. Agnès décrocha aussitôt, mais il avait prévu le coup, il n'allait pas se laisser démonter, au contraire.

« C'est moi, dit-il.

— Où es-tu ?

— A La Muette. Chez... chez ma mère. » Il gloussa intérieurement, c'était une bonne réplique. « Viens tout de suite.

— Mais tu es fou. Tu as rendez-vous dans une heure chez le docteur Kalenka, avenue du Maine.

— Justement. Prends la voiture et viens me chercher. Je serai au café d'angle, à La Muette. Je t'attends.

— Mais... »

Elle se tut. Il pouvait l'entendre réfléchir au bout du fil. Respirer en tout cas.

« D'accord, dit-elle. Mais je t'en prie, ne t'en va pas.

— Non, je t'attends.

— Je t'aime », cria-t-elle pendant qu'il raccrochait.

Il murmura : « Salope », cogna du poing contre la cloison de la cabine, puis remonta en hâte au rez-de-chaussée, se plaça derrière une colonne d'où, sans risque d'être repéré du dehors, il verrait la voiture passer. A cause des sens interdits, elle ne pouvait pas éviter le carrefour. Le temps qu'elle descende, il revint au comptoir et demanda un autre jeton. Il regrettait un peu d'avoir été désagréable avec le garçon ; si par hasard celui-ci refusait, cela compromettrait vaguement son plan. Mais l'autre ne sembla même pas le reconnaître et, serrant le jeton dans sa paume humide, il regagna son poste d'observation. Comme prévu, il vit passer la voiture, qui s'arrêta au feu. D'où il se tenait, en dépit du reflet sur la vitre, il reconnaissait le profil d'Agnès, sans pouvoir cependant saisir son expression. Quand elle tourna dans le boulevard des Invalides, il redescendit au sous-sol, forma de nouveau le numéro, laissa sonner, en vain. Dans sa hâte, elle avait omis de brancher le répondeur. Et Jérôme n'était pas là. Au pire, s'il y était et ne décrochait pas, il se sentait de force à lui casser la figure.

Il sortit du café, courut jusque chez lui en pensant que deux heures plus tôt, il courait exactement en sens inverse, qu'il était alors un fuyard et que maintenant il maîtrisait la situation, qu'il avait manœuvré comme un chef pour s'introduire sans risque dans le camp adverse. Personne dans l'appartement. Il courut vers le secrétaire, ouvrit le tiroir où se trouvait son passeport qu'il ramassa, ainsi que ses cartes de crédit : American Express, Visa, Diner's Club. Il trouva même de l'argent liquide. Agnès n'aurait pas dû négliger ces détails, c'est ainsi, pensa-t-il avec satisfaction, que capotent les plans les mieux organisés. Il voulut laisser un mot sarcastique, « je vous ai bien eus » ou quelque chose de ce genre, mais n'en trouva pas la formulation. Près du téléphone, il avisa l'interrogateur à distance du répondeur et le fourra dans sa poche, puis il quitta l'appartement. Avant même d'atteindre le carrefour, il trouva un taxi et demanda qu'on le conduise à l'aéroport de Roissy. Tout se passait bien, comme un hold-up minutieusement préparé. Il n'avait plus du tout sommeil.

La circulation était fluide, ils rejoignirent sans peine le boulevard périphérique, puis l'autoroute. Durant le trajet, il prit plaisir à écarter, au nom de la logique et de la vraisemblance, les obstacles qui pouvaient empêcher son départ. A supposer que, découvrant la disparition du passeport et des cartes de crédit, Agnès et Jérôme devinent son intention, ils n'auraient jamais le temps de l'arrêter avant sa montée dans l'avion. Quant à faire transmettre son signalement à la police des aéroports, c'était une mesure hors de leur portée. Il regrettait presque d'avoir pris sur eux une telle avance, se privant du spectacle de leurs silhouettes minuscules en train de courir sur la piste tandis que l'avion décollait, de la fureur qu'ils éprouveraient à le voir leur échapper de si peu. Il se demanda combien de temps il lui faudrait attendre pour partir, obtenir une place sur un vol dont la destination lui était égale, pourvu qu'elle fût lointaine. Le fait d'arriver sans bagages, de demander un billet pour n'importe où lui procurait une sorte d'ivresse, une impression de liberté royale qu'il croyait dévolue aux héros de cinéma et qu'altérait à peine la crainte que, dans la vie, ça ne se passe pas aussi facilement. Mais il n'y avait aucune raison, après tout. Et cette ivresse augmenta encore quand le chauffeur demanda « Roissy 1 ou 2 ? » : il se sentit riche d'un pouvoir de choix planétaire, libre de décider à son gré, tout de suite, s'il aimait mieux s'envoler pour l'Asie ou pour l'Amérique. En fait, il ne savait pas très bien à quelles régions du monde, ou à quelles compagnies, correspondaient les divisions de l'aéroport, mais cette ignorance entrait dans l'ordre normal des choses, il n'en éprouvait aucune gêne et il dit au hasard « Roissy 2, je vous prie », se renfonça dans la banquette, sans inquiétude aucune.

Ensuite, tout alla très vite. Il consulta le tableau des départs : en s'accordant une marge d'une heure, le temps d'établir le billet, il avait le choix entre Brasilia, Bombay, Sydney et Hong-Kong, et, comme par enchantement, il restait de la place pour Hong-Kong, aucun visa n'était nécessaire, l'hôtesse au guichet ne parut pas surprise, dit seulement que ça risquait d'être juste pour l'enregistrement des bagages. « Pas de bagages ! », déclara-t-il fièrement, en levant les bras, un peu déçu cependant qu'elle n'en ait pas l'air plus étonnée. Le contrôle du passeport ne posa pas davantage de problèmes et le va-et-vient indifférent du regard de l'employé entre sa photographie moustachue et son visage en passe de le redevenir dissipa ses dernières appréhensions : tout était en ordre. Moins d'une demi-heure après son arrivée à Roissy, il s'endormait dans le terminal de départ. Quelqu'un, un peu plus tard, lui toucha l'épaule et dit qu'il était temps, il tendit sa carte d'embarquement, piétina jusqu'à son fauteuil où, à peine assis, sa ceinture bouclée, il s'endormit de nouveau.

On lui toucha encore l'épaule, à l'escale de Bahrein. Il mit quelques instants à se rappeler où il était, sa destination, ce qu'il fuyait, et se laissa porter sans bien comprendre par le flot des passagers ensommeillés qu'un règlement quelconque obligeait à descendre, bien qu'on ne changeât pas d'avion, pour patienter dans une salle de transit. C'était un long corridor coupé par une travée d'échoppes brillantes où l'on vendait des produits détaxés, ouvrant d'un côté sur la piste de l'aéroport, de l'autre sur une étendue où l'œil se repérait mal parce qu'il faisait nuit, que les lumières de la salle se reflétaient dans les vitres et aussi parce qu'il n'y avait rien à voir que des constructions basses, vers l'horizon, sans doute d'autres bâtiments de l'aéroport. La plupart des hommes et des femmes qui somnolaient sur les banquettes portaient le costume arabe, ils devaient attendre un autre avion. Il s'assit à l'écart, partagé entre l'envie de replonger dans le sommeil, de regagner plus tard sa place, comme un zombie, de dormir jusqu'à Hong-Kong sans se poser de questions, et le sentiment diffus qu'il fallait faire le point et que, passée l'excitation du départ, ce ne serait pas facile. L'idée de se trouver à Bahrein, au nord du golfe Persique, fuyant un complot fomenté par Agnès, lui semblait à présent si incongrue que toutes ses pensées, encore confuses, tendaient moins à examiner la situation qu'à s'assurer de sa réalité. Il se leva, gagna les toilettes où il se passa de l'eau froide sur le visage, se regarda longuement dans la glace. Derrière lui, la porte s'ouvrit, livrant le passage à un autre voyageur, et il se hâta de remettre dans sa poche le passeport qu'il venait d'en sortir pour le présenter au miroir, comparer. Puis il retourna dans la salle de transit, marcha un moment pour s'éclaircir les idées, louvoyant entre les deux rangées de banquettes que séparait le bloc tronçonné des boutiques hors-taxe auxquelles il feignit de s'intéresser, regardant les étiquettes des cravates, les gadgets électroniques, jusqu'à ce qu'une vendeuse s'approche, dise « May I help you, Sir ? », et qu'il batte en retraite. En se rasseyant, il remarqua dans le cratère d'un cendrier sur pied un paquet de cigarettes Marlboro, vide et surtout déchiqueté d'une manière qui lui sembla familière, bien qu'un effort fût nécessaire pour se rappeler ce qu'évoquait ce dépiautage. Cela revint : deux ou trois ans plus tôt, une rumeur avait circulé à Paris, peut-être ailleurs, il n'en savait rien, d'origine aussi mystérieuse que ces histoires drôles qui naissent, se colportent, puis disparaissent sans qu'on sache jamais qui a pu les lancer, et cette rumeur prétendait que la firme Marlboro avait partie liée avec le Ku Klux Klan dont elle assurait la publicité clandestine par certaines marques de reconnaissance incorporées au dessin du paquet. Ce que l'on démontrait en faisant valoir tout d'abord que les lignes séparant les espaces rouges des espaces blancs formaient trois K un côté pile, un côté face, un sur la tranche supérieure, ensuite que le fond de l'emballage intérieur était orné de deux points, l'un jaune, l'autre noir, ce qui signifiait : « Kill the niggers and the yellow ». Que ce fût vrai ou non, cette explication avait eu quelque temps la valeur d'un divertissement de société et l'on voyait souvent, sur les tables des cafés, des paquets déchiquetés témoignant que quelqu'un s'était livré au numéro. Ces vestiges, petit à petit, étaient devenus plus rares, parce que les initiés, trop nombreux, ne trouvaient plus personne à initier, parce qu'on s'était lassé, mais surtout parce que ça ne marchait pas à tous les coups. Agnès qui, à l'époque, ne manquait pas une occasion de faire la démonstration, tirait même de ses échecs de plus en plus nombreux à trouver les points jaune et noir la preuve inattaquable de l'authenticité de l'anecdote : le secret du message s'étant répandu, les manitous de chez Marlboro avaient selon elle renoncé à le faire circuler sous cette forme, il restait donc à découvrir où ils avaient bien pu le transférer. Par désœuvrement, il examina le paquet avec minutie, mais sans succès, puis se leva, alla acheter dans une boutique hors-taxe une cartouche qu'il paya avec sa carte American Express. Il fuma une cigarette, puis une autre En face de sa banquette, sur le planisphère moucheté de pendules indiquant l'heure dans différentes régions du monde, l'Espagne manquait inexplicablement remplacée par une mer d'un bleu soutenu qui s'étendait des Pyrénées à Gibraltar. Il était 6 h 14 à Paris.

A 6 h 46, sur le même fuseau horaire, une voix féminine diffusée par les haut-parleurs avec une légère saturation pria les voyageurs à destination de Hong-Kong de regagner l'avion. Il y eut un frottement de pieds dans la lumière jaune, un homme réveillé en sursaut chaussa des lunettes noires pour chercher autour de lui sa carte de transit qui avait glissé sous la banquette. Un peu plus tard, les lumières basculèrent dans les hublots, les plafonniers de la cabine s'éteignirent. Les passagers s'enroulaient dans des couvertures à motifs écossais, rouge et vert, qu'ils retiraient d'enveloppes en plastique. Certains, pour lire, allumaient leur veilleuse, c'était la nuit, en plein ciel, il veillait, et c'était aussi le réel.

L'avion se posa à Hong-Kong en fin d'après-midi. Il resta assis pendant qu'autour de lui les passagers s'agitaient, empoignaient leurs bagages à main, que l'hôtesse récupérait les écouteurs de plastique abandonnés sur les sièges, et descendit le dernier, à regret. Il s'était accoutumé à la vie ralentie de la cabine ; la succession régulière des repas, des films, des annonces par haut-parleur n'avait pas vraiment engourdi sa lucidité, mais ne lui offrait aucune résistance, un peu comme une chambre où il serait prévu qu'on se cogne sans arrêt la tête contre les murs et qu'on aurait garnie, par humanité, d'un rembourrage en caoutchouc. Il sourit en réfléchissant au sens de cette pensée, qui lui était venue tout naturellement : en somme, il aspirait à la cellule capitonnée, sans se l'avouer ni se croire fou pour autant, simplement pour y être à l'abri. Et à partir de maintenant, c'était fini, il s'exposait en terrain découvert.

Une buée de chaleur brouillait les silhouettes vitrées des immeubles qui se dessinaient derrière les bâtiments de l'aéroport. Voyageant sans bagages, il put franchir très vite les guichets de la douane, le contrôle des passeports, et se retrouva dans le hall d'arrivee, entouré de gens qui couraient, poussaient des caddies, agitaient des pancartes, se palpaient avec véhémence, en parlant très fort, une syllabe gutturale, une autre chantante, il n'y comprenait rien, bien entendu. Il ôta sa veste, la jeta sur son épaule. Que faire, à présent ? Prendre un billet de retour ? Téléphoner à Agnès pour lui demander pardon ? Sortir de l'aéroport, marcher tout droit jusqu'à ce qu'il se passe quelque chose ? Il resta un moment immobile dans la bousculade puis, comme si ces actions avaient été aussi obligatoires que les formalités de débarquement, entraient dans un cycle de gestes qu'il fallait accomplir à leur suite et qui donc différaient le moment de prendre une décision, il alla de guichet en guichet jusqu'à ce qu'il trouve celui de l'American Express et se procura, en dollars de Hong-Kong, l'équivalent de 5 000 F. Il les répartit dans les poches de son pantalon, qui lui collait aux cuisses. Puis, sur le conseil de l'employé qu'il avait interrogé en anglais, il gagna un bureau de tourisme et réserva une chambre dans un hôtel de catégorie moyenne, choisi sur catalogue. On lui donna un bon pour le trajet en taxi, ce qui s'avéra utile car le chauffeur ne comprenait pas l'anglais. La voiture s'engagea dans un dédale de rues grouillantes de monde, bordées de gratte-ciel déjà anciens, décré-pits, hérissés de perches à linge et de climatiseurs qui gouttaient au point de former des mares sur les trottoirs défoncés au marteau-piqueur. Certains de ces immeubles semblaient en cours de démolition sans avoir pour autant été évacués, on en construisait d'autres, partout des palissades protégeaient des chantiers, de grands échafaudages de bambou, des bétonneuses entre lesquelles piétons et voitures louvoyaient en faisant brailler des radios, au rythme d'un embouteillage paradoxal dont on aurait projeté le film en accéléré. Le taxi déboucha enfin sur une avenue plus large, puis le déposa devant l'hôtel King où il avait réservé et où le réceptionniste lui fit remplir une fiche avant de le conduire jusqu'à sa chambre, au 18e étage. Le froid créé par le climatiseur, une grosse boîte encastrée dans le mur humide, lui fit découvrir qu'il suait abondamment. Il tenta de régler l'appareil qui, après qu'il eut tourné un bouton, hoqueta puis se transforma en puissante soufflerie, enfin interrompit toute manifestation d'activité, de sorte qu'il entendit le brouhaha de la rue. Derrière un store métallique, la fenêtre était scellée. Le front appuyé contre la vitre, il observa un moment la circulation en contrebas puis, la chaleur revenant, se dévêtit, prit une douche en repoussant opiniâtrement le rideau de plastique qui venait se coller contre lui. Enveloppé dans une serviette-éponge, il revint dans la chambre, s'étendit sur le lit et croisa les bras derrière la tête.

Voilà. Et maintenant ?

Maintenant, soit il restait couché sur ce lit jusqu'à ce que ça passe, mais il savait que ça ne passerait pas, soit il retournait tout de suite à l'aéroport, s'installait sur une banquette jusqu'au premier avion pour Paris, mais il n'en avait pas le courage, soit il décidait que, tout comme il lui avait fallu un toit pour dormir, il lui fallait maintenant des vêtements de rechange, une brosse à dents, un rasoir, il descendait acheter tout ça et se retrouvait, à brève échéance, dans la même position, couché sur le lit, se demandant : et maintenant ?

Il resta sans bouger, sans mesurer le temps, jusqu'à ce qu'il fasse nuit. Alors il décida d'appeler au moins Agnès. Il y avait le téléphone dans la chambre, mais il ne parvint à obtenir ni une ligne directe — de toute manière, il ignorait l'indicatif pour la France — ni la réception. Il se rhabilla, ses vêtements sentaient la sueur, et descendit au rez-de-chaussée. Le réceptionniste, qui parlait anglais, accepta de former le numéro pour lui mais, après un temps assez long, émergea du bureau situé derrière le comptoir, en disant que ça ne répondait pas. Étonné qu'Agnès, en s'absentant, n'ait pas branché le répondeur, il insista pour que l'autre refasse une tentative, qui n'aboutit pas davantage, et sortit.

Nathan Road, la grande et bruyante avenue sur laquelle donnait son hôtel, était illuminée comme les Champs-Élysées lors des fêtes de Noël, la circulation s'effectuait sous des arcs de lampions rougeoyants qui figuraient des dragons. Il marcha sans but dans la foule dense et indifférente, l'odeur un peu fade de la cuisine à la vapeur, parfois du poisson séché. A mesure qu'il avançait, les magasins devenaient plus luxueux, on y vendait surtout du matériel électronique détaxé et de nombreux touristes faisaient leurs emplettes. A l'extrémité de l'avenue, qu'il avait fini de descendre, une grande place ouvrait sur la baie, de l'autre côté de laquelle s'étendait un miroitant chaos de gratte-ciel étagés au flanc d'une montagne dont le sommet se perdait dans la brume nocturne. Se rappelant des photos vues dans des magazines, il pensa que cette cité spectaculaire était Hong-Kong et se demanda où il se trouvait, lui. Profitant, encore une fois, de pouvoir confesser une ignorance qui n'avait rien d'anormal, il posa la question à une Européenne en short, du genre routarde, qui devait être hollandaise ou scandinave, mais dit tout de même : « Here, Kowloon » et le nom lui était vaguement familier, il avait dû le lire quelque part. Il comprit, en regardant le plan déplié par la routarde, qu'une partie de la ville se trouvait sur l'île, en face de lui, l'autre sur le continent, un peu comme Manhattan et New York, et qu'il avait choisi son hôtel dans la portion continentale, Kowloon donc. Un service de ferry reliait les deux rives, les gens, apparemment, l'empruntaient comme le métro. S'insérant dans la foule, il se dirigea vers l'embarcadère, acheta un billet, attendit que le ferry glisse contre le quai, que les passagers descendent, et monta quand l'employé livra le passage.

Le trajet lui plut tant qu'une fois parvenu de l'autre côté, il pensa ne pas débarquer, repartir dans l'autre sens sans quitter sa place et, l'employé lui ayant fait signe qu'il fallait descendre, il obéit, mais reprit aussitôt un ticket et recommença. Après trois aller-retour, familiarisé avec la manœuvre, il comprit que, plutôt que d'acheter un ticket à chaque fois, il était plus rapide et pratique de glisser dans une fente une pièce de 50 cents, commandant le tourniquet automatique, et fit en sorte, quand il acheta son dernier ticket, de se faire rendre une provision de pièces suffisamment abondante pour ne plus quitter le bateau avant l'heure de fermeture, dont il ne s'informa pas. Il découvrit ensuite une autre particularité du ferry qui était son entière réversibilité : l'avant était la direction vers laquelle on allait, l'arrière celle dont on s'éloignait, mais, hors de l'eau, il aurait été impossible de distinguer la proue de la poupe. Les dossiers des sièges, même, coulissaient dans des fentes latérales, de manière qu'on puisse les orienter dans le sens désiré et, spontanément, d'un tour de main, les gens les renversaient afin de se tourner en direction opposée à leurs prédécesseurs. Quand on allait vers Hong-Kong, tout le monde, même le nez dans son journal, faisait face à Hong-Kong, et de même pour Kowloon. De cette coutume, qui lui sembla par la suite évidente, il s'aperçut à la faveur d'un incident : il venait de remonter dans le bateau et, par jeu, reprenait la place qu'il avait dû abandonner deux minutes plus tôt. Relevant la tête, il se rendit compte qu'il avait oublié le geste de rabat du dossier et se tenait donc seul, à seul, à contre-courant, face à tous les autres passagers. Ceux-ci, du reste, ne parais-saient nullement s'en soucier, pas même le trio de lycéennes en socquettes blanches qu'il s'attendait à voir pouffer ; on le regardait sans ironie ni animo-sité, comme s'il avait été un élément du paysage urbain dont le ferry se rapprochait. Il eut un instant de gêne, mais l'indifférence générale lui procura tout de suite après un sentiment d'apaisement et il interrompit le geste de réversion qu'il amorçait, resta à sa place et même éclata de rire. Seul contre tous, seul à soutenir qu'il avait une moustache, un père, une mémoire dont on le spoliait, mais ici, apparemment, cette singularité ne se remarquait pas, tout ce qu'on exigeait de lui, c'était qu'il descende du ferry une fois à quai, libre d'y remonter en acquittant le péage. L'idée lui vint, folle mais enivrante, qu'il pourrait très bien rester à Hong-Kong, ne plus donner de ses nouvelles, n'en attendre aucune d'Agnès, de ses parents, de Jérôme, les oublier, oublier son métier et trouver n'importe quoi à faire pour subsister ici, ou ailleurs aussi bien, en un lieu en tout cas où on ne le connaissait pas, où personne ne s'intéressait à lui, où on ignorerait toujours s'il avait ou non porté une moustache. Tourner la page, reprendre à zéro, vieille et vaine rengaine de tous les aigris de la planète, pensa-t-il, sauf que son cas à lui était quelque peu différent. A supposer qu'il rentre et qu'au lieu de le mettre au cabanon on s'accorde tacitement à passer l'éponge, à recommencer tout comme avant, à l'agence et à la maison, la vie reprendrait peut-être, mais empoisonnée à jamais. Empoisonnée non seulement par le souvenir de cet épisode, mais surtout par la crainte constante de ses séquelles, le risque de voir l'horreur ressurgir au détour d'une conversation. Une allusion innocente à des souvenirs communs, à une personne ou un objet, et il lui suffirait de voir Agnès pâlir, se mordre les lèvres, de noter un silence prolongé pour savoir que voilà, ça recommençait, que l'univers se désagrégeait à nouveau. Vivre ainsi, en terrain miné, avancer à tâtons dans l'attente de nouveaux éboulements, aucun être humain ne saurait le supporter. Il comprenait que cette perspective l'avait poussé à la fuite, bien davantage que l'hypothèse ridicule d'un complot contre lui. Dans sa fièvre de la veille, il s'en rendait mal compte, mais c'était l'évidence : il fallait disparaître. Pas forcément du monde, mais en tout cas du monde qui était le sien, qu'il connaissait et qui le connaissait, puisque les conditions de la vie dans ce monde-là étaient désormais sapées, gangrenées par l'effet d'une monstruosité incompréhensible et qu'il fallait soit renoncer à comprendre, soit affronter entre les murs d'un asile Il n'était pas fou, l'asile lui faisait horreur, restait donc la fuite. A chaque nouvelle traversée, il s'exaltait davantage, comprenait qu'il avait choisi la seule issue possible et que seul un instinct de conservation à peine conscient mais vivace l'avait dissuadé, à l'aéroport, de reprendre un billet pour Paris, de revenir se jeter dans la gueule du loup. Sa place n'était plus parmi les siens, songeait-il, conscient de faire vibrer une corde de sentimentalité héroïque qui renforçait sa détermination, tout comme les métaphores concernant les éponges qu'il est inutile de passer lorsque le seul recours est de changer la nappe, ou même la table. Il devinait déjà, cependant, qu'il lui serait difficile d'entretenir cette exaltation qui risquait de retomber toute seule, une fois quitté le ferry. Le monde, pour l'instant, se résumait à ce roulis léger, au miroitement de l'eau sombre, au grincement des câbles d'acier, au cliquetis des grilles qui s'ouvraient pour le débarquement

138

des uns, l'embarquement des autres, à ce va-et-vient immuable et réglé auquel il se laissait aller, hors d'atteinte, dans la tiédeur du soir. Mais il ne pouvait pas passer le reste de sa vie sur le ferry reliant Kowloon à Hong-Kong, s'arrêter là, sur cette image, comme s'arrête le film où Charlot, poursuivi par les flics de deux états mitoyens, sautille éternellement, les pieds en canard de chaque côté de la frontière. Après cette image, il y a un fondu au noir, puis le mot fin s'inscrit sur l'écran, et il n'existe pas, dans la vie, d'équivalent à cette fin suspendue. Si, pourtant : on peut s'arrêter. Accoudé au bastingage, à l'arrière provisoire du bateau, il observait depuis le départ le sillage puissant, suivit de l'œil la courbe écumeuse jusqu'à l'hélice dont il pouvait presque sentir la trépidation sous le plancher du pont Il suffirait de se laisser tomber, c'était facile. En quelques secondes, il serait déchiqueté par les pales vrombissantes. Personne n'aurait le temps d'interve nir, les passagers du pont, peu nombreux à cette heure, pousseraient des cris, s'agiteraient, feraient stopper le ferry et au mieux on retrouverait quoi ? Des bouts de barbaque mêlés aux ordures du port, aux poissons crevés, aux cageots, des vêtements en pièces. Peut-être l'interrogateur à distance, son passeport, en cherchant bien. Et encore : on n'irait pas draguer toute la baie de Hong-Kong pour identifier un touriste inconnu. Rien de l'empêchait d'ailleurs, pour fignoler, de détruire son passeport avant de sauter, d'éliminer ainsi toute trace de son passage. Mais non, il avait rempli la fiche de l'hôtel. Le recoupement, en fait, serait très facile : deux jours après, le consul de France à Hong-Kong aurait le privilège d'annoncer l'accident à sa famille. Il l'imaginait très bien au téléphone, si toutefois c'était par téléphone qu'on accomplissait ce pénible devoir. Et Agnès au bout du fil, les dents serrées, les pupilles dilatées... Mais ce serait moins horrible, pour elle, à tout prendre, que d'attendre des semaines, des mois, des années sans nouvelles, d'oublier peu à peu, par la force des choses, sans jamais savoir ce qui s'était passé. De se rappeler seulement, tout le reste de sa vie, ces trois jours d'horreur, les phrases prononcées au téléphone lors de son dernier appel, de La Muette prétendument. Elle avait crié « Je t'aime » avant de raccrocher, et lui avait pensé « Fumier » ou « Salope », il l'avait haïe alors qu'elle était sincère, alors qu'elle l'aimait... Le souvenir de ce dernier cri, condamné à rester sans écho, l'émut jusqu'aux larmes. N'osant le hurler, il scanda à voix basse : « Je t'aime Agnès, je t'aime, je n'aime que toi... », et c'était vrai aussi, encore plus vrai parce qu'il l'avait détestée, parce qu'il s'était montré indigne de la confiance qu'elle n'avait cessé de lui porter. Ele n'avait jamais flanché, elle. Il aurait tout donné pour la tenir dans ses bras à nouveau, enserrer son visage, répéter « c'est toi », l'entendre de sa bouche et ne plus jamais cesser de la croire. Quoi qu'il advienne, même contre toute évidence, même si elle appuyait un revolver sur sa tempe, à l'instant où elle presserait la gâchette, où son cerveau se répandrait hors de son crâne fracassé, il penserait : « Elle m'aime, je l'aime, et cela seul est vrai. »

Trois jours plus tôt, ou quatre en tenant compte du décalage horaire, il avait fait l'amour avec elle pour la dernière fois.

Le ferry, pour la vingtième fois peut-être, accosta côté Kowloon et, au lieu de descendre parmi les derniers, comme il en avait pris l'habitude, il bondit sur la passerelle, prêt à prendre un taxi pour l'aéroport, à rentrer tout de suite. Mais, en remontant l'escalier métallique, le contact dans son poing fermé de la pièce de 50 cents qu'il serrait en prévision de la traversée suivante lui fit ralentir le pas. Il retourna la pièce entre ses doigts, hésitant à tirer à pile ou face, mais en fait il avait déjà pris sa décision. Une fois de plus, devant le tourniquet, il glissa 50 cents dans la fente et descendit lentement l'escalier opposé à celui qu'il venait de gravir, patienta devant le grillage pendant que le ferry finissait de se vider. Il ne pouvait pas revenir, une nouvelle tentative ne servirait à rien. Il prendrait le visage d'Agnès entre ses mains, le caresserait, et puis ? Et puis ce serait pareil, plus douloureux encore après l'espoir d'une rémission. Ou peut-être Agnès le regarderait approcher, dirait : « Qui êtes-vous ? » Il hurlerait : « C'est moi, c'est moi, je t'aime » et le mal aurait encore empiré en son absence, elle ne le reconnaîtrait plus, ne se rappellerait même plus qu'il avait existé.

Durant cette traversée, il ne quitta pas le sillage des yeux et pleura. Il pleura sur Agnès, sur son père, sur lui-même. Il poursuivit ses allers-retours. Sur l'eau parfois, une rébellion plus vive lui faisait se promettre d'arrêter la fois suivante, de prendre un taxi, un avion, au moins de passer un coup de téléphone, mais à l'embarcadère il préparait encore sa pièce. L'employé, de temps à autre, lui adressait un petit signe de la main, empreint d'une sympathie perplexe. Il refit même de la monnaie, en achetant un Sprite dont il but quelques gorgées, puis il laissa rouler la bouteille entre ses pieds.

Enfin, ce qu'il craignait se produisit. Lorsqu'il débarqua, côté Hong-Kong, un cadenas verrouillait la grille d'embarquement. Avec un geste d'interrogation impuissante, il la désigna à l'employé qui répondit en riant : « To-morrow, to-morrow » et montra sept doigts, l'heure d'ouverture probablement.

Et maintenant ? pensa-t-il en s'asseyant sur les marches humides de la jetée.

Maintenant, il pouvait toujours regagner son hôtel, sur la rive opposée. Il serait sans doute facile de trouver un petit bateau qui accepte de jouer les taxis, mais il n'en avait pas envie. Il n'avait pas envie non plus de s'aventurer dans la ville qui se dressait derrière lui, dont les lumières se reflétaient dans l'eau grasse de la baie. Alors, rester sur la jetée, attendre le lever du jour et reprendre le ferry ? Recommencer le lendemain, et les jours qui suivraient ? En dépit de l'absurdité de ce projet, aucun autre ne lui venait à l'esprit et il se surprenait à en examiner les conditions matérielles, à faire des calculs. En restant sur le bateau de sept heures à minuit, en dormant la nuit sur la jetée, combien de temps pourrait-il tenir ? La traversée coûtait 50 cents, il en effectuait environ quatre par heure, soit 2 dollars de l'heure, à raison de 17 heures par jour, cela revenait à 34 dollars la journée et encore, peut-être existait-il des forfaits. En comptant six dollars de nourriture, hamburgers, soupes ou nouilles peu coûteuses, il s'en tirait à 40 dollars Hong-Kong par jour, environ 40 francs s'il avait bien compris le taux de change. Multipliés par 365 jours, 14 600 F par an, pas même une brique et demie, c'était ce qu'il gagnait par mois à Paris et à peine le double du budget alloué pour l'entretien des fous dans le Sud-Ouest. Il suffirait, de temps à autre, qu'il aille chercher de l'argent grâce à l'une de ses cartes de crédit et le sursis, à ce train, devenait pratiquement illimité. Sauf qu'au bout d'un moment la banque s'étonnerait ; Agnès devait avoir prévenu de sa disparition les services responsables des cartes de crédit, elle ne tarderait pas à retrouver sa trace. Il l'imaginait débarquant à Hong-Kong, ivre d'inquiétude, le rencontrant sur le ferry, et lui, alors, lui expliquerait calmement que la vie lui était devenue trop pénible, qu'il ne la supportait que dans ces conditions, en prenant le ferry à longueur de journée, qu'il retrouvait à ce prix seulement la paix de l'âme et que, si elle l'aimait, la seule chose qu'elle pouvait désormais faire pour lui consistait à le débarrasser de ses cartes de crédit, à lui verser chaque année l'argent nécessaire, environ 15 000 F donc, sur un compte qu'elle lui ouvrirait dans une banque locale, et à le laisser seul. Elle pleurerait, l'embrasserait, le secouerait, mais finirait par céder, que faire d'autre ? De temps en temps, fréquemment au début, de moins en moins par la suite, elle ferait

143

le voyage de Hong-Kong, viendrait le rejoindre sur son ferry, lui parlerait doucement en lui tenant la main, en évitant de prononcer certains mots. Kowloon-Hong-Kong, Hong-Kong-Kowloon, elle s'habituerait à le voir vivre ainsi, à la longue. Peut-être ne serait-elle pas seule, peut-être aurait-elle refait sa vie. A l'homme qui l'accompagnerait et resterait discrètement sur le quai, elle expliquerait tout, montrerait ce clochard hébété, devenu pour les usagers du ferry une sorte de mascotte bizarre, bientôt mentionnée dans les guides touristiques, *The crazy Frenchman of the Star Ferry,* et dirait · « Voilà, c'est mon mari. » Ou bien elle n'en parlerait à personne, ses amis ignoreraient toujours la raison de ses pèlerinages solitaires en Asie. Et lui, le mari, hocherait doucement la tête. A la fin de la journée, elle voudrait le persuader de l'accompagner à son hôtel, une nuit au moins, et il dirait non, toujours doucement, étendrait sa natte sur la jetée, il ne serait jamais allé au-delà, ne connaîtrait de la ville que le court chemin le séparant de la banque où il irait chaque mois renouveler sa provision de piécettes. Absurde, bien sûr, pensait-il, mais que peut espérer d'autre un homme à qui est arrivé ce qui m'est arrivé ? A tout prendre, il préférait cela à l'enfermement, à la folie prise en charge et cadenassée par un quelconque docteur Kalenka et sa horde d'infirmiers musculeux. Il aimait mieux vivre sur le ferry que dans le patelin du Sud-Ouest où il finirait par échouer, après tout un parcours de cures sophistiquées et de maisons de repos haut de gamme. Car c'était bien, à terme, le sort qui l'attendait s'il retournait en France. Il se savait pourtant sain d'esprit, mais la plupart des fous entretiennent la même conviction, rien ne les en ferait démordre, et il n'ignorait pas qu'aux yeux de la société une mésaventure comme la sienne ne pouvait signifier que la démence. Alors qu'en vérité, il s'en rendait bien compte à présent, les choses étaient plus complexes. Il n'était pas fou. Agnès, Jérôme et les autres non plus. Seulement l'ordre du monde avait subi un dérèglement à la fois abominable et discret, passé inaperçu de tous sauf de lui, ce qui le plaçait dans la situation du seul témoin d'un crime, qu'il faut par conséquence abattre. Quand bien même, dans son cas, rien ne se produisait plus de suspect, rien ne rentrerait pour autant dans l'ordre et mieux valait décidément, plutôt que le cabanon, le sursis répétitif, morne, mais librement choisi, de la vie sur le ferry. Ne plus jamais rentrer, repousser la tentation, rester caché comme le témoin que la Mafia doit éliminer. Il devait faire comprendre cette nécessité à Agnès : sa disparition n'était pas une foucade, mais une obligation vitale ; il fallait que, de loin, sans chercher à le revoir, elle l'aide à s'en tirer le moins mal possible. Qu'elle mette fin aux recherches engagées, ne fasse pas opposition à ses cartes de crédit, plus tard lui envoie de l'argent pour assurer sa survie. Maintenant, comment accueillerait-elle de telles consignes ? Et lui, à sa place, comment réagirait-il ? Il s'avoua avec amertume qu'il ferait sans doute l'impossible pour la rapatrier, contre son gré, la confier aux meilleurs psychiatres, et c'était justement ce qu'il ne fallait pas faire. Il fallait qu'elle s'incline, comprenne. Assis sur les marches, face aux lumières de Kowloon, aux gigantesques enseignes Toshiba, Siemens, TDK, Pepsi, Ricoh, Citizen, Sanyo, dont il connaissait par cœur, à présent, les rythmes de clignotement, il s'efforçait de bâtir des phrases, de trouver le ton juste pour lui faciliter l'effort surhumain de ne pas voir dans son exigence un témoignage supplémentaire de folie, mais au contraire une réaction raisonnable, réfléchie. La moustache, son père, Java, Serge et Véronique, tout cela n'avait plus d'importance, il ne servait à rien d'y revenir, seule comptait désormais l'attitude matérielle qu'il convenait d'adopter face à ce bouleversement sans remède. Il fallait qu'elle comprenne, ce serait dur, et qu'elle l'aide, mais il faudrait aussi que lui-même s'y tienne. Il ne pouvait sous-estimer la vitalité déréglée de son esprit, ignorer que ce qu'il pensait à cet instant, il ne le penserait plus dans deux jours, ou deux heures. L'évidence absolue de ses conclusions ne l'avait pas moins aveuglé quand il croyait Agnès et Jérôme coupables. Il savait à présent qu'il s'était trompé, qu'il voyait enfin clair, mais bientôt, inutile de se leurrer, son cerveau se remettrait à osciller, à courir d'un butoir à l'autre. Déjà, il lui suffisait de penser qu'il ne referait jamais l'amour avec Agnès pour que la machine infernale se réveille, pour qu'il soit tenté d'abandonner toutes ses résolutions, de rentrer, de la serrer dans ses bras en se figurant que la vie allait reprendre. Le ferry lui plaisait, lui avait plu d'emblée parce qu'il offrait un cadre à ses hésitations pendulaires, parce qu'il suffisait d'avoir assez de pièces pour suivre le mouvement, hésiter, se rebeller, mais sans agir pour autant. Car une fois choisie la seule action raisonnable, savoir s'enfuir au bout du monde, tout le problème était de s'en tenir là, de ne plus bouger, de ne plus agir, de ne pas accomplir autrement qu'en pensée le mouvement inverse. Hors du ferry qui le prenait en charge, le monde n'opposait pas à ses velléités suffisamment de résistance. Il aurait fallu pouvoir couper les ponts, se placer dans une situation matérielle ou physique telle que le retour lui soit à jamais interdit. Or, quand bien même il jetterait ses cartes de crédit, son passeport, il lui suffirait de franchir le seuil du consulat pour être bientôt rapatrié. Faute de pouvoir murer ces portes de sortie, rien ne l'assurait que sa détermination ne flancherait pas, qu'une vague mentale plus forte n'emporterait pas sa conviction présente pour lui en substituer une autre, et même le faire sourire de ce qu'il considérerait alors comme une lubie. Aucune puissance au monde ne pouvait le prémunir contre cette versalité, pas même le rythme tranquillisant des traversées en ferry, dont il pressentait qu'il se lasserait vite. Au moins les fous du patelin, ou des asiles, avaient-ils pour alliée la torpeur provoquée par les médicaments : elle réglait la pendule, en circonscrivait le mouvement, comme un ferry intérieur jamais lassé d'aller et de venir, paisiblement, dans leurs cerveaux engourdis. La machine ne grippait plus, carburait aux pilules, aux gélules, aux capsules quotidiennes, plus sûres encore que les pièces de 50 cents parce qu'il y avait toujours quelqu'un pour les administrer. Il se rappelait même l'aveu d'une villageoise expliquant naïvement au reporter que l'avantage, avec ces malades-là, tenait à ce qu'ils étaient incurables, donc à l'assurance de les garder à vie, de toucher jusqu'à leur mort le modeste pactole gratté sur leur entretien. Il les enviait presque d'être ainsi déchargés de toute responsabilité, hors d'atteinte.

Plus tard le ciel pâlit, des bruits, des esquisses d'agitation troublèrent le calme nocturne de la jetée. Il devina des mouvements dans la pénombre. Un homme en short et maillot de corps, à quelques mètres de lui, dessinait une tache claire, mouvante, lançait les bras en avant, en arrière, s'accroupissait, se relevait. D'autres apparurent. Un peu partout, le long du quai, des silhouettes progressivement distinctes se contorsionnaient avec lenteur, calmement, presque en silence. Il entendait des souffles profonds et réguliers, parfois un craquement d'articulation, une phrase lancée à mi-voix, à laquelle répondait alors une autre phrase en écho, empreinte d'une expression qui lui semblait joviale. Un petit vieux en survêtement, qui venait de s'approcher de lui pour faire sa gymnastique, lui adressa un sourire aimable et, du geste, l'invita à l'imiter. Il s'était levé, exécutait maladroitement les mouvements que le vieux lui montrait, sous les rires étouffés de deux très grosses femmes, occupées à toucher leurs orteils du bout des doigts, à une cadence très souple, sans précipitation. Au bout d'une minute, il rit à son tour, fit comprendre à ses compagnons d'exercice

148

qu'il n'avait pas l'habitude, qu'il arrêtait. Le vieux dit « good, good », une des femmes mima un applaudissement et, sous leurs regards à peine ironiques, il s'éloigna, gravit un escalier, se retrouva bientôt sur une large passerelle bétonnée que prolongeait une esplanade bordée de bancs. Partout, des gymnastes de tous âges exécutaient sans hâte leurs mouvements. Il s'étendit sur un des bancs tournant le dos à la baie. L'embarcadère du ferry, visible en contrebas de la balustrade, restait grillagé. Au-dessus de lui, une petite tonnelle composée de tubulures bleu pâle encadrait un immeuble très haut, dont les fenêtres rondes ressemblaient à des écrous, et un autre encore inachevé, habillé jusqu'à mi-hauteur de vitres-miroirs. Les étages supérieurs disparaissaient sous les échafaudages de bambou et les bâches vertes. Entre ces deux blocs, des grues, des bouts d'autres immeubles se détachaient sur la masse vert sombre du Pic dont, si haut qu'il levât les yeux, il ne pouvait voir le sommet, perdu dans une brume scintillante. Le soleil, déjà, cognait sur les vitres, sur les plaques métalliques, les tubulures, un tumulte affairé commençait à monter du port et, pour la première fois, l'idée d'être à Hong-Kong lui procura une sorte d'excitation. Il resta allongé une demi-heure encore, à regarder le soleil se lever dans tous les reflets érigés par la ville. Quand il se retourna vers la baie, il reconnut son ferry qui progressait lentement, entre cargos et sampans, en suivit des yeux le sillage jusqu'à l'embarcadère de Kowloon et, en le voyant prendre le chemin du retour, c'était comme s'il avait été à bord. La reprise de la navette lui inspirait un sentiment de sécurité si grand qu'il se surprit à penser : après tout, je ne suis pas pressé. Il pensa aussi que le matin, tout était plus facile.

Il se leva, longea la promenade où la paisible gymnastique matinale faisait déjà place au mouvement plus désordonné et hâtif des gens qui se pressent vers leur travail. Dans la cohue, cependant, des bureaucrates strictement vêtus interrompaient parfois leur marche, posaient leur attaché-case pour consacrer vingt ou trente secondes à étirer les bras, plier les genoux, bomber le torse, soudain très calmes. Personne ne prenait garde à lui. A travers la foule devenue compacte, il déboucha sur un patio, au pied de l'immeuble en construction dont il s'aperçut que les étages inférieurs, terminés, abritaient déjà des bureaux. Une banque : il sourit, se rappelant son projet de vie sur le ferry. Plus loin, un bureau de poste, pas encore ouvert : il se promit d'y revenir plus tard, pour téléphoner à Agnès. Enfin, il aviserait, peut-être qu'une longue lettre vaudrait mieux.

Abandonnant la passerelle, il descendit sur la large avenue qu'elle enjambait et qu'on ne pouvait traverser autrement, longea le trottoir encombré. Il faisait déjà très chaud. Au moment précis où il s'en rendait compte, la sueur devint froide sur ses épaules, il s'arrêta net, comme si ses pieds prenaient racine dans le tapis rouge déroulé sur le trottoir et comprit qu'il passait devant un hôtel dont l'air conditionné entretenait un microclimat jusque dans la rue. Il enfila sa veste, entra. Le hall était glacial, un autre monde d'un coup. Fauteuils de cuir, tables de verre fumé, plantes vertes, le tout ceint d'une loggia et de boutiques de luxe, les murs ornés de bas-reliefs en bronze évoquant un agglomérat de fusibles grillés et d'une fresque hideuse aux motifs vaguement asiatiques. Une pancarte indiquait la direction de plusieurs restaurants et d'une coffee-shop où il résolut, en boutonnant sa veste, de prendre un petit déjeuner.

Il mangea et but de bon appétit, puis demanda qu'on lui apporte de quoi écrire. Mais, devant la feuille de papier, méditant la première phrase de sa lettre à Agnès, il s'aperçut que ses craintes de la nuit étaient fondées, d'autant plus fondées qu'elles lui inspiraient une sorte d'incrédulité rétrospective. Son projet de passer le reste de sa vie à faire la navette entre Kowloon et Hong-Kong, ses calculs de budgets, le fait surtout d'avoir considéré cette solution comme la seule alternative à l'internement dans un patelin du Sud-Ouest lui paraissaient, comme prévu, aussi dérisoires maintenant que le soupçon d'une conspiration ourdie par Agnès contre lui. Dans le naufrage de ses raisonnements nocturnes, d'une détermination à laquelle il s'était pourtant juré de se tenir, l'inquiétude subsistait cependant de ce que pourrait être son retour. Le grand jour, le discret cliquetis des couverts dans la coffee-shop de l'hôtel Mandarin évacuaient l'affaire de la moustache et ses suites vers une zone de doute, presque d'oubli, mais en même temps qu'elle le rassurait, sa présence dans cette coffee-shop l'obligeait à se rappeler qu'il s'était produit des événements irréductibles, qu'il avait franchi une frontière et dépassé peut-être un point de non-retour. A force de rester sans réponse, la question pour lui s'était déplacée du « pourquoi ? » au « comment ? », mais ce « comment », dès qu'il ne s'agissait plus de mettre un pied devant l'autre, des pièces dans une fente, des aliments dans sa bouche, se mettait lui aussi à flotter, dépouillait sa substance de mot censé déboucher sur une ligne de conduite pour n'être plus qu'un point d'interrogation, un « alors quoi ? », un « et maintenant ? » dont les effets paralysants ne pouvaient être contrés qu'au coup par coup, en se fixant des buts immédiats, des obstacles bénins qu'il se réjouissait de surmonter parce qu'ils cachaient, le temps de mobiliser son attention, l'obstacle gigantesque du choix entre partir et rester. Pour le moment, tout demeurait ouvert. Mais s'il écrivait à Agnès, il fallait qu'il prenne une décision. Ou bien il se contentait de la rassurer, de dire ne t'inquiète pas, je traverse une crise, bientôt je t'enverrai des nouvelles plus précises. Différer encore. Le mieux, alors, était de téléphoner, qu'au moins elle le sache en vie et ne le fasse pas rechercher.

Renonçant provisoirement à sa lettre, il se servit toutefois du papier à en-tête de l'hôtel pour noter les numéros de téléphone de son appartement, de ses parents et de l'agence, afin d'être certain de ne pas les oublier. Il glissa le feuillet plié en quatre dans la poche intérieure de sa veste et, après avoir réglé son petit déjeuner, se dirigea vers les cabines téléphoniques qu'il avait repérées dans un renfoncement du lobby. Un employé lui fournit l'indicatif pour la

France et il le nota également. Puis il forma successivement les trois numéros, mais n'obtint pas de réponse. Selon ses calculs, il était 11 heures du soir à Paris, ce qui expliquait le silence de l'agence, mais il comprenait mal, une fois de plus, qu'Agnès en sortant n'ait pas branché le répondeur. Si elle l'avait fait, il aurait pu, grâce à la télécommande, écouter les messages récents, en tirer une idée de l'atmosphère qui régnait en son absence. A condition, cependant, que l'interrogateur fonctionne encore à une telle distance. Il s'était déjà posé la question, quand ils avaient acheté l'appareil : existait-il une frontière au-delà de laquelle l'impulsion sonore cessait d'agir ? A priori, il n'y avait pas de raison. Et, du reste, il pouvait se renseigner facilement sur ce point : les boutiques de matériel électronique ne manquaient pas à Hong-Kong. La réponse, ceci dit, ne changerait rien au problème tant qu'Agnès n'aurait pas remis le répondeur en marche. Elle finirait bien par le faire, à moins qu'il ne soit cassé, ou bien... Il sourit sans gaieté : à moins qu'Agnès lui assure, lorsqu'ils se parleraient, s'ils se parlaient encore un jour, qu'ils n'avaient jamais eu de répondeur. Bien entendu, il se rappelait très bien la forme de l'appareil, l'époque où ils l'avaient acheté, les milliers de messages enregistrés, effacés, parmi lesquels celui de son père leur rappelait le déjeuner dominical ; bien entendu, il pouvait suivre du doigt, dans sa poche, les arêtes métalliques de l'interrogateur, mais qu'est-ce que cela prouvait ? Il avait encore refait son numéro, laissait sonner. Sans lâcher l'écouteur d'où s'échappait toujours la tonalité monotone, il sortit le petit appareil, lut avec attention la notice imprimée sur la plaque : « 1) Composez votre numéro de téléphone. 2) Dès le début de votre annonce, placez le boîtier de télécommande sur le microphone de votre combiné et envoyez la tonalité pendant deux à trois secondes. 3) La cassette Annonce s'arrête, la cassette Messages se rebobine et vous prenez connaissance des messages enregistrés... » Machinalement, il effleura le bouton placé sur la tranche du boîtier, appuya sans relever le doigt jusqu'à ce que la stridence faible mais continue du bip vrille insupportablement les oreilles d'un Chinois corpulent qui, occupant la cabine voisine, se mit à cogner sur la vitre avec véhémence. Comme dégrisé, il relâcha sa pression, remit la télécommande dans sa poche, raccrocha et sortit. Plus encore que le silence au bout du fil, l'inutilité d'un accessoire grâce auquel il comptait pouvoir tâter le terrain, surprendre les réactions provoquées par sa fuite, l'accablait. Il se sentait démuni, trahi : à supposer que l'existence même du répondeur n'ait pas rejoint à la trappe celles de sa moustache, de son père, de ses amis, était-il possible qu'Agnès l'ait délibérément débranché en constatant la disparition de la télécommande ? Qu'elle ait sacrifié une chance d'avoir de ses nouvelles rien que pour le priver de l'usage du mouchard ? Où était-elle ? Que faisait-elle ? Que pensait-elle ? Continuait-elle à parler, manger, boire, dormir ? A effectuer les gestes de la vie quotidienne, en dépit de cette insupportable incertitude ? Se rappelait-elle, au moins, qu'il avait disparu ? Qu'il avait existé ?

Dans le miroir gravé qui revêtait le mur, derrière la rangée de cabines, il avait pu, en écoutant résonner les sonneries sans réponse, s'observer à loisir : veste fripée, trop chaude, chemise grise de crasse et de sueur, cheveux embroussaillés et barbe de trois jours. Il résolut, pour se calmer, d'acheter des vêtements de rechange. Il traversa le lobby pour gagner un patio bordé de boutiques luxueuses où, sans se presser, il choisit une chemise légère, munie de larges poches pectorales qui le dispenseraient de porter une veste, un pantalon de toile, une paire de slips, des sandales de cuir, enfin un élégant nécessaire à raser, le tout lui coûta un prix insensé mais il s'en moquait et, à la réflexion, décida même de transférer ses quartiers à l'hôtel Mandarin. Le fait de s'engager dans des dépenses fastueuses lui donnait l'impression de prendre une décision. En outre, comme il n'avait rien de particulier à faire à Kowloon, ce déménagement l'écarterait un peu des tentations du ferry. Il n'avait pas davantage à faire « on the Hong-Kong side », mais bon...

Claire, spacieuse, confortable, sa nouvelle chambre comportait deux lits jumeaux, la fenêtre donnait, non sur la grande avenue parallèle au quai, mais sur une rue transversale dont les vitres scellées et doublées filtraient le vacarme. Dès que le groom fut parti, il se déshabilla, prit une douche et rasa sa barbe, maniant avec précaution le coupe-chou, à l'usage duquel il n'était pas habitué. La moustache reprenait tournure, et cette repousse éveilla en lui l'espoir bizarre que le retour à son aspect antérieur entraînerait la disparition et même l'annulation rétrospective de tous les mystères provoqués par son initiative. D'un coup, il retrouverait son intégrité, physique, mentale, biographique, aucune trace ne subsisterait du désordre. Il reviendrait de Hong-Kong, persuadé à juste raison d'y avoir effectué un voyage d'affaires, pour le compte de l'agence, il aurait dans sa serviette, car il en achèterait une, les documents témoignant de son travail, des contacts qu'il avait établis. Agnès l'accueillerait tendrement à l'aéroport, elle connaîtrait l'heure exacte de son retour. Elle ne se souviendrait de rien, lui non plus, tout serait rentré dans l'ordre. Aucune incohérence ne se produirait par la suite, le mystère se serait effacé de lui-même, n'aurait en fait jamais eu lieu. Voilà ce qui pouvait arriver de mieux et, en y réfléchissant, ce n'était ni plus ni moins impossible que ce qui était arrivé. Il pouvait même, songea-t-il, donner un coup de pouce aux puissances qui, après s'être jouées de lui, consentiraient à tout remettre en place. Aide-toi, le ciel t'aidera... Oui, mais s'aider, dans son cas, cela signifiait réunir des documents prouvant la réalité et l'utilité de son voyage d'affaires, téléphoner à Jérôme pour mettre au point la fiction justifiant son départ impromptu, lui demander de préparer psychologiquement Agnès à croire qu'elle avait rêvé, bref recommencer le cirque, donner de nouvelles preuves de sa folie, à peu de choses près convoquer soi-même l'ambulance qui le cueillerait au sortir de l'avion... Non, seul le ciel, si on pouvait appeler ça le ciel, était en mesure de

156

l'aider : il ne s'agissait pas, surtout pas, de truquer la réalité, mais d'accomplir un miracle, de faire que n'ait pas eu lieu ce qui avait eu lieu. Gommer cet épisode de leurs vies, et ses conséquences, mais aussi gommer la trace de la gomme, et la trace de cette trace. Ne pas truquer, ne pas oublier, mais n'avoir plus rien à truquer ni à oublier, sans quoi le souvenir reviendrait, inéluctablement, les détruirait... Non, vraiment, la seule aide qui fût à sa portée, s'il voulait s'attirer la miséricorde du ciel, c'était de se laisser repousser la moustache, d'en prendre soin, de faire confiance à ce remède. Allongé sur le lit, il effleurait du doigt sa lèvre supérieure, caressait le poil renaissant, sa seule chance.

Plus tard dans l'après-midi, il fit une nouvelle tentative pour téléphoner à Agnès et à ses parents, sans plus de succès. Puis il passa ses vêtements neufs, roula, faute d'ourlet, le bas du pantalon et répartit ce qu'il possédait dans ses poches fessières et pectorales : le passeport, les cartes de crédit, l'argent liquide, la feuille portant les numéros de téléphone. Il hésita à garder sur lui la télécommande et, comme elle l'alourdissait, finit par la caler entre bol et blaireau dans l'étui de cuir contenant le nécessaire à raser, qu'il laissa dans la salle de bains. Il sortit et, empruntant les passerelles au-dessus des avenues, se dirigea vers le débarcadère. Le ciel était gris, la chaleur moite. Le reconnaissant, l'employé du ferry agita les bras en signe de bienvenue, mais il débarqua à Kowloon et ne reprit le bateau qu'une demi-heure plus tard, après avoir réglé sa note à l'hôtel King et récupéré ce qui restait de sa cartouche de cigarettes. Bizarrement, il n'avait pas fumé, pas eu l'idée, depuis son arrivée à Hong-Kong.

De retour sur l'île, il marcha sans but, en tâchant de suivre les quais, ce qui s'avéra impossible à cause des nombreuses voies intraversables, des chantiers de construction, des palissades où il cherchait en vain des brèches pour entrevoir la baie. A la disposition des enseignes publicitaires, au sommet des gratte-ciel qui le surplombaient, il reconnut des quartiers qui, de l'embarcadère du ferry, la nuit précédente, lui avaient paru très éloignés du centre. Dans un autre hôtel de luxe, le Causeway Bay Plaza, il essaya encore de téléphoner, mais il n'y avait toujours personne. Le soir venu, il regagna en taxi le Mandarin, but un Singapore Sling au bar puis monta dans sa chambre pour se regarder dans la glace de la salle de bains, se raser à nouveau, comme un convalescent qui s'assure de ses forces. Plus ses joues étaient lisses, mieux ressortait la barre déjà noire de sa lèvre supérieure. Il savait que la nuit, comme d'habitude, serait dure à passer, que des idées contradictoires, obstinées, exclusives, se porteraient à l'assaut de son cerveau, qu'il voudrait tour à tour, sûr de ne plus varier, reprendre le ferry, filer à l'aéroport, se jeter par la fenêtre, et que le sport consistait à ne rien faire de tout cela, de manière à se retrouver au matin en vie, la moustache croissante, en s'étant contenté de rêver des actes irrémédiables. Il craignait plus que tout, sous l'effet d'une nouvelle lubie, de raser sa moustache et de devoir ensuite tout reprendre à zéro. Il entrevit une suite de jours et de nuits scandée par l'alternance des rasages, des espoirs de repousse, vainement éternisée dans l'attente, l'indécision, la succession plutôt de décisions contraires. Les idées noires revenaient, c'était prévu, bien sûr, le tout était de tenir. Tenir. rien de plus.

Il songea à se soûler, mais c'était trop dangereux. Après avoir appelé Paris encore une fois, inquiet de ce qu'il dirait si par extraordinaire Agnès décrochait, il descendit à la recherche d'une pharmacie où il pourrait se procurer des somnifères, mais lorsqu'il en eut trouvé une ouverte, qu'il eut expliqué ce qu'il voulait à grand renfort de mimiques ridicules, mains croisées sous un oreiller imaginaire et ronflements puissants, la vendeuse prit un air réprobateur et lui fit comprendre qu'il fallait une ordonnance. Il dîna sans faim, de nouilles et de poisson, dans un restaurant en plein air, marcha longtemps, pour se fatiguer, prit un tramway. Accoudé à une fenêtre dépourvue de carreaux, à l'étage supérieur, fumant cigarette sur cigarette malgré l'interdiction que personne ne respectait, il regarda défiler les façades des immeubles, les lumières, les enseignes, les quartiers qui se succédaient, animés ou déserts, les trams qui arrivaient en sens inverse, si proches qu'il lui fallait, à chaque fois, retirer précipitamment son coude. Des relents de friture, de poisson, s'engouffraient par les fenêtres. La ligne traversait l'île en longueur, parallèlement au port et quand, au terminus, il fut tenté de repartir en sens inverse, il se força à descendre. S'il voulait épuiser les possibilités de va-et-vient offertes par les transports en commun de la ville, il lui restait le métro, pour le lendemain, puis le funiculaire qui conduisait au sommet du Pic. Ensuite il n'aurait plus qu'à recommencer, ou bien à arpenter sa chambre d'un mur à l'autre. Occuper alternativement l'un et l'autre des lits jumeaux, se demander s'il valait mieux dormir la moustache au-dessus ou au-dessous des draps, il trouverait toujours des ersatz pour traduire physiquement l'indécision dont il souffrait et dont il avait pourtant décidé de faire sa politique. Provisoirement, ricana-t-il, jusqu'à ce qu'une idée même pas nouvelle l'emporte au forcing. Dans l'ensemble pourtant, en dépit de poussées ponctuelles qui ne le surprenaient plus, il accédait à une sorte de calme indifférent, un progrès, tout de même, par rapport à la veille. Provisoire, répétait-il en marchant, provisoire.

Il se retrouva devant son hôtel presque par hasard, vers deux heures du matin, et se rasa pour la troisième fois de la journée. Pour la cinquième fois, ensuite, il composa les numéros de téléphone notés sur la feuille de papier et, n'obtenant toujours pas de réponse, en composa d'autres, au hasard, prêt à réveiller n'importe quel Parisien inconnu pour s'assurer qu'au moins la ville existait toujours. Certains de ces numéros, dont il formait les chiffres au petit bonheur, ne devaient pas être attribués, mais alors il aurait entendu : « Il n'y a pas d'abonné au numéro que vous demandez, veuillez consulter l'annuaire ou le centre de renseignements... » Il appela aussi les renseignements, le 12, l'horloge parlante, une compagnie de taxis, la réception de l'hôtel, pour se faire confirmer l'indicatif, cela dura une bonne heure durant laquelle il fuma cigarette sur cigarette. Dans la trousse de rasage, il avait récupéré l'interrogateur à distance qu'il gardait à la main, comme un fétiche sans emploi, et la vague de panique qu'il sentait approcher le submergea peu à peu : ce n'était plus seulement son passé, ses souvenirs, mais Paris tout entier qui s'engloutissait dans le gouffre creusé derrière chacun de ses pas. Et si, le lendemain, il se rendait au consulat ? On lui dirait, sans aucun doute, que les liaisons téléphoniques fonctionnaient à merveille, on irait même, le cas échéant, jusqu'à lui en donner la preuve, mais les numéros qu'il voulait obtenir continueraient à ne pas répondre. « C'est qu'il n'y a personne, essayez une autre fois », conclurait logiquement le serviable consul, celui-là même qui, peut-être, informerait Agnès de son tragique décès — et, pour la circonstance, elle décrocherait tout de suite.

Il avait mis en marche le téléviseur de sa chambre, coupé le son, et somnola par à-coups, tout habillé. Quand il ouvrait les yeux, écœuré par l'odeur du tabac refroidi, des Chinois bien vêtus agitaient les lèvres sur l'écran muet. Plus tard, des cow-boys chevauchèrent dans une sierra, sans doute reconstituée en Espagne — si toutefois l'Espagne n'avait pas disparu, comme semblait l'insinuer le planisphère de Bahrein. Les chaînes de Hong-Kong devaient diffuser toute la nuit, comme aux États-Unis, mais peut-être le lendemain apprendrait-il que non, que les programmes prenaient fin à minuit... La hantise de l'invérifiable revenait le torturer, il se retournait sur le lit, saisissait à tâtons le téléphone sur la table de nuit. A un moment, pour entendre une voix, il forma des chiffres sans indicatif, en serrant la télécommande entre ses doigts crispés, et réveilla quelqu'un, à Hong-Kong probablement, qui brailla sans qu'il comprenne rien. Il raccrocha, se leva, se rasa encore, se recoucha. A l'aube, les yeux ouverts, il sortit, erra dans les rues peuplées de gymnastes matinaux, reprit le ferry et, à la visible satisfaction de l'employé, toujours le même, ne le quitta pas de la journée. L'enchevêtrement des mâts dans la baie, le vol criard des oiseaux tournoyant dans le ciel nuageux, les visages, l'odeur du goudron, le scintillement des immeubles, l'afflux de perceptions désormais familières l'absorbèrent. Lorsqu'une velléité le prenait d'aller au consulat, ou à l'aéroport, il attendait qu'elle passe et, très vite, elle passait. Il fumait beaucoup, sa cartouche à la main. Il bronzait, songeant qu'il devrait acheter des lunettes de soleil et se demanda, sans y attacher d'importance excessive, à quel moment il avait retiré de la poche de sa veste celles qui lui avaient servi, quelques jours plus tôt, pour jouer les faux aveugles sur le boulevard Voltaire. Il portait bien, alors, la veste qui à présent gisait, roulée en boule, au bas du placard de sa chambre. Et, après avoir ôté ses lunettes dans le café de la République, les avoir remises dans sa poche, il ne se rappelait pas les en avoir sorties, ni au Jardin de la Paresse, ni dans l'appartement, ni à Roissy. Il s'efforçait, pour situer ce geste anodin, de reconstituer en détail les 24 heures précédant son départ, mais la vanité de son effort ne l'affectait pas, une sorte d'engourdissement privait de tout enjeu des actes qui, doucement, glissaient vers l'irréel, la brume d'une légende dont il n'était plus le héros. Avec la même indolence, il étouffait les projets ou représentations à long terme de son avenir, tels que séjour prolongé sur le ferry, dérive aventureuse dans les ports de la mer de Chine, visite d'inspection à Java, retour au domicile conjugal : tout devenait indifférent, les questions autrefois coupantes comme des rasoirs s'émoussaient, l'urgence de choisir ou de ne pas choisir retombait

Vers le milieu de la journée, l'employé vint lui tapoter l'épaule et, dans un anglais approximatif, lui dit que s'il voulait il pouvait ne pas descendre aux débarcadères, lui régler, à lui, une somme forfaitaire pour ses allées et venues. Qu'elle fût inspirée par la simple gentillesse ou l'appât d'un gain frauduleux, il déclina cette proposition, expliqua que monter et descendre faisait partie pour lui du plaisir du voyage, et c'était vrai, il ne pensait plus guère qu'à compter ses piécettes. Il n'interrompit son va-et-vient que le temps d'avaler des brochettes de poulet grésillantes, debout devant un éventaire où l'on soldait aussi des cassettes de variétés, puis de repasser à l'hôtel Mandarin où il récupéra son nécessaire à raser, qu'il utilisa un peu plus tard dans les toilettes malpropres du ferry. L'employé, quand son service ne le mobilisait pas, venait parfois lui faire un brin de causette, attirait son attention sur tel détail du paysage, disait « nice, nice », et il approuvait. Un orage éclata en début de soirée, le ferry tangua fortement. Les passagers, en débarquant, s'abritaient sous des journaux imprimés en rouge et noir. Puis ce fut la nuit, la

163

dernière traversée, et il se retrouva, comme deux jours plus tôt, arpentant la promenade éclairée par les lampes en verre dépoli qui, encastrées dans le béton, clignotaient sous le ciel sans étoiles. En longeant le quai, il arriva à un autre embarcadère, encore ouvert celui-ci, se laissa tomber sur un banc, face à un homme d'une soixantaine d'années, rubicond, qui portait des tennis avec un costume de toile jaune et ne tarda pas à engager la conversation. « Oh, Paris... », commenta-t-il après la réponse à son rituel « Where are you from ? ». Lui était d'un endroit qui, compte tenu de sa prononciation, pouvait être aussi bien « Australia » que « Nazareth ». « Nice place », ajouta-t-il, rêveur. Il attendait le bateau qui, à 1 h 30, partait pour Macao, où il habitait depuis deux ou dix ans. C'était bien, Macao ? Pas mal, reposant, dit l'homme, plus tranquille que Hong-Kong. Et on trouvait de la place sans peine sur le bateau ? Sans peine.

Ils se turent, montèrent tous les deux quand le bateau arriva. Il était obligatoire de prendre une couchette et, entre le dortoir à cinquante, la cabine de première classe à quatre et la suite V.I.P. à deux, son compagnon lui conseilla de choisir la suite V.I.P., qu'il partagerait avec lui. Ce qu'il fit, mais il ne la partagea pas et resta sur le pont, son nécessaire à raser entre les mains, à regarder la mer sombre, les lumières de la ville lorsqu'ils s'en éloignèrent, puis la mer seulement.

Le vent portait parfois, sans doute en provenance du dortoir, des éclats de voix stridents, des rires et surtout un cliquetis de dominos abattus à grand fracas sur des tables en métal. Il pensa fugitivement qu'il aurait aimé faire cette traversée nocturne avec Agnès, passer son bras autour de ses épaules, il lui sembla entendre, mêlée à une nouvelle salve de dominos, la tonalité morne du téléphone qui sonnait en vain, dans un appartement vide. Sortant de la trousse l'interrogateur à distance, il l'approcha de son oreille, envoya le bip en pressant le bouton puis, quand il s'en fut lassé, tendit la main par-dessus le bastingage, desserra lentement les doigts tout en continuant d'appuyer sur le bouton. A cause de la trépidation du moteur, du bruit des vagues contre la coque, il n'entendait plus le bip au bout de son bras et il entendit encore moins, bien sûr, la disparition de l'appareil lorsqu'il ouvrit la main. Il comprit seulement qu'il ne téléphonerait plus, déchira la feuille de papier portant les numéros. Et lorsqu'un peu plus tard il repensa à Agnès, c'était devenu trop lointain pour que l'absence du corps serré contre le sien, de la voix rieuse, excitée par l'approche de l'enfer du jeu, soit autre chose qu'un mirage ténu, inconsistant, porté et dissipé aussitôt par l'air tiède, par une lassitude qui ne venait plus buter contre rien.

Le bateau accosta au petit matin dans une sorte
de banlieue industrielle semée d'immeubles en
construction que recouvraient des échafaudages de
bambou. A la sortie du débarcadère, des chauffeurs
de taxi se bousculaient pour attirer l'attention des
voyageurs, chinois pour la plupart, et, au moment
où il s'apprêtait à accepter le service, son compagnon de la veille, descendu après lui, s'approcha en
proposant de le conduire en ville. Ils empruntèrent
une passerelle au-dessus d'une de ces routes à
plusieurs voies, séparées par des barrières qu'on ne
pouvait, comme à Hong-Kong, franchir que tous les
dix kilomètres, et gagnèrent un parking où les
attendait une poussiéreuse jeep Toyota. Durant le
trajet, l'Australien — s'il l'était bien — s'excusa de
ne pouvoir l'héberger en laissant entendre que des
histoires de femmes perturbaient sa maisonnée, mais
lui recommanda, plutôt que l'hôtel Lisboa, où
l'aurait conduit n'importe quel taxi pour toucher une
commission, de prendre une chambre à l'hôtel Bela
Vista, plus typique et plus calme, dont il vanta

notamment la terrasse. Ils pourraient même s'y retrouver le soir, pour prendre un verre.

Une demi-heure plus tard, après que l'autre l'eut déposé devant l'hôtel, il était assis sur la terrasse en question, les pieds sur les fûts crépis à la chaux du balcon colonial, bercé par une rangée de ventilateurs plafonniers qu'ornaient, sous les quatre pales, quatre petites lampes jaillissant de collerettes en verre filé, encore allumées malgré le soleil éclatant. La mer de Chine s'étendait devant lui, ocre entre les colonnes, blanches et vert tilleul, qui soutenaient le plafond aux caissons noircis. A la réception, on lui avait donné avec la clé de sa chambre, inconfortable mais immense et fraîche, une brochure polyglotte concernant Macao, où il avait lu que « l'eau des chambres d'hôtel est généralement bouillie, moins par mesure de sécurité que pour atténuer le goût du chlore. Néanmoins tout le monde, visiteurs et résidents, préfère suivre les coutumes locales et délaisse l'eau pour le vin ». Sur la foi de quoi il avait commandé pour son petit déjeuner une bouteille de vinho verde dont le col dépassait d'un énorme seau à glace. Il la vida sans penser à rien, hormis au vague contentement que lui procurait la température, puis, en titubant, gagna sa chambre dont une fenêtre donnait sur la terrasse et l'autre, placée au-dessus de la porte, sur un spacieux couloir qui sentait le drap encore humide, comme dans une blanchisserie. Il coupa le climatiseur, un de ces trucs semblables à des postes de télé dont les culs opulents et rouillés hérissaient la façade mal entretenue de l'hôtel. Il songea à se raser, mais y renonça, se sentant ivre, s'allongea sur le lit après avoir ouvert la fenêtre et s'endormit. A plusieurs reprises, il s'éveilla à demi, voulut se lever, se raser, retourner sur la terrasse ou aller jusqu'aux casinos dont l'Australien lui avait parlé, dans la voiture, comme de la principale attraction locale avec le Crazy Horse importé de Paris, mais ses projets se mélangeaient à des rêves confus, à la certitude aussi qu'il se préparait un typhon. Le vent agitait les branches d'un arbre qui venait cogner contre la fenêtre ouverte, il entendait la pluie et la bourrasque, mais ce n'était en fait que le climatiseur qui soufflait et gouttait, il l'avait déglingué en voulant l'arrêter.

Plus tard, il se rasa devant un miroir posé en équilibre sur la tablette du lavabo — pour une raison ou pour une autre, on ne l'avait pas fixé au mur, et tout semblait aller ainsi dans l'hôtel, à vau-l'eau. Puis il sortit, les jambes molles, se promena dans les rues bordées de petites maisons chaulées, à un étage, roses ou vertes comme des berlingots. Peuplées de Chinois, ces rues s'appelaient toutes rua del bom Jesu, estrada do Repuso ou des choses de ce genre, il y avait des églises de style baroque et de grands escaliers de pierre, des immeubles modernes, aussi, à mesure qu'on allait vers le Nord où il avait débarqué, des odeurs d'encens, de poisson frit, un climat de puérile et douce décrépitude, de houle depuis longtemps apaisée. Il éprouva à un moment l'angoisse, absurde dans une si petite ville, de s'être égaré et répéta plusieurs fois le nom de son hôtel à un policier chinois dont le visage finit par s'éclairer, et qui déclara en hochant la tête : « Very fast », sans qu'il fût possible de savoir si cela signifiait qu'on pouvait y arriver très vite, qu'il fallait courir très vite pour y arriver ou bien que c'était très loin, « very far ». Pour lui permettre de redemander son chemin à de non-anglophones, le policier calligraphia l'adresse en caractère chinois sur le rabat d'une pochette d'allumettes qu'il venait d'acheter en même temps qu'un paquet de cigarettes locales Cela donnait à peu près ceci :

mais il n'eut pas l'occasion d'utiliser ce viatique et, en marchant au hasard, se retrouva sur le bord de mer, en vue de son hôtel qui, un peu à l'écart de la ville, ressemblait à un vieux ferry en cale sèche. Il passa la fin de l'après-midi et la soirée sur la terrasse, où un bas-relief en bronze représentant Bonaparte au pont d'Arcole était surmonté de l'inscription : « There is nothing impossible in my dictionary », approximation, supposa-t-il, de l'adage selon lequel impossible n'est pas français, mais le fait qu'il fût exprimé en anglais, et pour illustrer l'effigie d'un ennemi historique, lui parut pour le moins déroutant. Il mangea légèrement, des plats qui lui rappelaient la cuisine brésilienne, but beaucoup en comptant que cela l'aiderait à dormir, et il avait raison.

Deux jours passèrent ainsi. Il dormait, fumait, mangeait, buvait du vinho verde, se promenait dans la presqu'île et, sans le vouloir vraiment, accomplissait ce qui devait être un circuit touristique. Il traîna dans les casinos : celui, luxueux, de l'hôtel Lisboa, et le casino flottant, où le fracas des dominos le plongeait dans une hébétude qui se dissipait lentement après qu'il était sorti, dormit au soleil dans des jardins publics, longea la frontière de la Chine populaire, visita le musée consacré à Camoens et, assis sous un arbre, sourit béatement au souvenir étonnamment précis du roman de Jules Vernes où le géographe Paganel se flatte d'apprendre l'espagnol en potassant l'épopée de ce poète portugais du Grand siècle. Sauf pour commander ses repas, il ne parlait à personne ; l'Australien, sans doute débordé par ses soucis domestiques, ne vint pas au rendez-vous qu'il lui avait fixé sur la terrasse. Parfois, à la périphérie de sa conscience engourdie, remuaient des embryons de pensées menaçantes, concernant Agnès, son père, la proximité relative de Java, les recherches poursuivies pour retrouver sa trace, l'avenir qui l'attendait. Mais il lui suffisait de secouer la tête, de fermer longuement les yeux ou de boire quelques gorgées de vin pour disperser des images de plus en plus exsangues, vidées de leur substance, bientôt des fantômes aussi peu redoutables qu'un boîtier de télécommande noyé dans la mer de Chine, qu'une impression troublante mais fugitive de déjà vu. Il ne refit aucune tentative pour téléphoner, se contentant de marcher au soleil dans l'odeur du poisson séché et de la sueur imprégnant ses vêtements, d'entrecouper de longues siestes ses promenades sans but. Deux fois par jour, néanmoins, il se rasait, rectifiant pour son usage la plaisanterie voulant que la farniente consiste à écouter pousser sa barbe. Il écoutait sa moustache, même pas très attentivement, savourait quelquefois, allongé sur un banc, l'idée abstraite et désormais sans enjeu de s'être échappé. Ces idées lui passaient vite.

Le troisième jour, il alla à la plage. Il n'y en avait pas à Macao, mais un pont de construction récente reliait la péninsule à deux petites îles où, selon l'affable réceptionniste de l'hôtel Bela Vista, on pouvait se baigner. Un minibus, partant de l'hôtel Lisboa, les desservait trois fois par jour, mais il préférait aller à pied et se mit en route vers onze heures du matin. Il marcha en regardant le béton, parfois l'eau qui l'entourait, seul sur le pont où passaient de rares voitures. L'une d'elles s'arrêta, le conducteur ouvrit la portière, mais il refusa poliment, rien ne le pressait. Il déjeuna de poisson, face à la mer, dans un restaurant de la première île, appelée Taipa, repartit vers deux heures et suivit la route ocre jusqu'à ce qu'en contrebas il aperçoive une plage de sable noir, à laquelle on accédait par un chemin escarpé. Quelques voitures stationnées, des motos japonaises indiquaient qu'il n'y serait pas seul mais cela ne le gênait pas. Il y avait du monde en effet, surtout de jeunes Chinois qui jouaient au hand-ball en poussant des cris joyeux. Les oiseaux criaient aussi. Il faisait chaud. Avant de se baigner il commanda un soda, fuma une cigarette dans une petite buvette dont le toit en paillotte était ceinturé de haut-parleurs diffusant des chansons de variété américaines parmi lesquelles il reconnut *Woman in love* de Barbara Streisand. Ensuite, il ôta ses vêtements, les roula en boule, posa ses sandales sur le petit tas et entra sans se presser dans l'eau tiède, presque opaque. Il nagea quelques minutes, on avait pied très loin, puis regagna le rivage et, sans s'être levé, resta étendu sur le dos, à la frontière mouvante entre le sable humide et les vaguelettes roulant contre son flanc. La marée descendait, il suivit le mouvement en reculant sur les coudes, face à la plage. La réverbération lui brûlait les paupières, qu'il entrouvrait de temps à autre pour vérifier que ses vêtements n'avaient pas disparu. Une vingtaine de mètres plus loin, un autre occidental, de son âge environ, barbotait dans la même position. A un moment, il somnolait, il entendit soudain une voix qui prononçait très haut des mots anglais et ouvrit les yeux, regarda autour de lui, ébloui et un peu inquiet car il lui semblait qu'on s'était adressé à lui. Et c'était en effet l'autre baigneur blanc qui, tourné dans sa direction, répétait en criant pour couvrir le bruit des vagues : « Did you see that ? » Il distinguait mal ses traits, pensa cependant qu'il n'était ni anglais ni américain et s'assura qu'il ne se passait rien de spécial sur la plage : rien, juste les adolescents qui continuaient à se renvoyer le ballon, et un jeune homme en short, chinois aussi, qui s'éloignait à petites foulées, un walkman fixé à la ceinture de son maillot. « What ? », dit-il, pour la forme, et l'autre, toujours couché dans l'eau, se détourna en riant, criant à pleins poumons : « Nothing, forget it ! » Il referma les yeux, soulagé que la conversation s'en tienne là.

Plus tard, il sortit de l'eau, se rhabilla sans se sécher et reprit le chemin en sens inverse. Le minibus qui retournait à Macao s'arrêta à sa hauteur, sur la route, et cette fois, fatigué, il accepta de monter, prit place à l'arrière. A l'irritation de sa peau, il comprit qu'il avait attrapé un coup de soleil, anticipa avec plaisir le contact des draps frais, un peu rêches, sur la brûlure. Quand le bus traversait des zones ombragées, il essayait de saisir son reflet dans les vitres couvertes de poussière et d'insectes morts. Il avait les cheveux collés par le sel, la moustache barrait son visage d'un trait noir, mais cela n'avait plus tellement de sens pour lui. Aucun projet ne le retenait, sinon celui de prendre un bain, une fois rentré à l'hôtel, et de s'installer sur la terrasse, face à la mer de Chine.

Au tableau où il la laissait d'habitude, sa clé manquait. Le réceptionniste, un vieux Chinois dont le torse maigre flottait dans une ample chemise de nylon blanc, dit en souriant : « The lady is upstairs », et il sentit un froid courir le long de son dos brûlé.

« The lady ?

— Yes, Sir, your wife... Didn't she like the beach ? »

Il ne répondit pas, hésita, interdit, devant le

177

comptoir bien ciré. Puis il gravit lentement l'escalier dont on avait ôté le tapis, sans doute pour le nettoyer. Les tringles de cuivre, rassemblées en une botte gisant le long du mur, accrochaient des éclats de soleil déclinant. Des particules de poussière dansaient dans le rayon oblique venu de la fenêtre grande ouverte, à l'étage. La porte de sa chambre, au bout du couloir, n'était pas fermée. Il la poussa.

Allongée sur le lit, dans la même lumière blonde, Agnès lisait un magazine, *Time* ou peut-être *Asian week,* qu'on trouvait à la réception. Elle portait une robe de coton très courte, qui ressemblait à un tee-shirt trop grand. Ses jambes nues et bronzées se détachaient sur le drap blanc.

« Alors, dit-elle en l'entendant entrer, tu l'as achetée finalement ?

— Quoi ?

— Eh bien, la gravure...

— Non, finit-il par répondre d'une voix qui lui parut normale.

— Le type n'a pas voulu baisser le prix ? »

Elle alluma une cigarette, attira sur le lit le cendrier publicitaire.

« C'est ça », dit-il, les yeux fixés sur la mer qu'encadrait la fenêtre. Un cargo passait à l'horizon. De la poche de sa chemise, il sortit son paquet de cigarettes, en alluma une à son tour, mais elle était humide, sans doute les avait-il mouillées en se rhabillant sur la plage. Il tira en vain sur le filtre ramolli, puis l'écrasa dans le cendrier en frôlant de la main la jambe à demi-repliée d'Agnès et dit :

« Je vais prendre un bain.

— J'irai après toi », répondit-elle pendant qu'il franchissait le seuil de la salle de bains, laissant la porte ouverte. Puis elle ajouta . « C'est bête que la baignoire soit si petite... »

Il fit couler l'eau, appuyé au rebord de la baignoire, trop petite en effet, on ne pouvait s'y tenir qu'assis et évidemment pas à deux. S'approchant du lavabo, il remarqua sur la tablette deux brosses à dents, un flacon à demi vide de pâte gingivale made in Hong-Kong, plusieurs pots de crèmes de beauté, de produits démaquillants. Il faillit en renverser un en soulevant de la tablette sur laquelle il reposait, légèrement incliné, le miroir rectangulaire qu'il plaça dans la même position, contre le mur, au bord de la baignoire. S'étant assuré qu'il était bien calé, il se déshabilla, prit son nécessaire à raser, le posa à côté du miroir et entra dans l'eau tiède. La salle de bains n'était éclairée que par une petite fenêtre une lucarne presque ; il y régnait une lumière aquatique, sombre et reposante, accordée au clapot de la goutte d'eau qui, à intervalle régulier, se détachait du climatiseur détraqué. Il faisait frais, on aurait volontiers fait la sieste. Plongé dans l'eau jusqu'à la taille, assis sur la marche, il orienta le miroir, en face de lui, de manière à pouvoir regarder son visage. La moustache était bien fournie maintenant, comme avant. Il la lissa.

« On retourne au casino, ce soir ? demanda Agnès d'une voix paresseuse.

— Si tu veux. »

Il agita longuement le blaireau dans le bol, barbouilla de mousse son menton et ses joues, les rasa avec soin. Puis, sans hésiter, attaqua la moustache. Faute de ciseaux, le travail de débroussaillage prit du temps, mais le coupe-chou taillait bien, les poils tombaient dans la baignoire. Pour mieux voir ce qu'il faisait, il prit le miroir et le posa sur ses cuisses, de manière à pouvoir pencher le visage dessus. L'arête lui cisaillait un peu le ventre, sur lequel il devait l'appuyer. Il appliqua une seconde couche de mousse, rasa de plus près. Au bout de cinq minutes, il était glabre de nouveau, et cette pensée ne lui en inspira aucune autre, c'était simplement un constat : il faisait la seule chose à faire. Encore de la mousse, les flocons se détachaient, tombaient soit dans l'eau soit à la surface du miroir qu'il épongea plusieurs fois du tranchant de la main. Il rasa de nouveau la place de sa moustache, de si près qu'il lui sembla découvrir sur cette mince bande de peau des dénivellations jusqu'alors insoupçonnées. Il n'observa en revanche aucune différence de teint, bien que son visage fût bronzé par les journées passées au soleil, mais cela tenait peut-être à la pénombre qui régnait dans la salle de bains. Abandonnant un instant le rasoir, mais sans le replier, il saisit à deux mains la glace, l'approcha de son visage, si près que sa respiration forma une légère buée, puis la replaça sur ses genoux. Derrière la fenêtre de la salle de bains, en biais, il pouvait voir des rameaux de feuillage et même un bout de ciel. Hormis la goutte tombant du climatiseur et les pages qu'Agnès tournait, aucun bruit ne venait de la chambre. Il aurait fallu qu'il se retourne, tende le cou pour jeter un coup d'œil par la porte entrebâillée, mais il ne le fit pas. A la place, il reprit le rasoir, continua de polir sa lèvre supérieure. Une fois, il le passa sur ses joues, comme quand, la bouche enfouie dans le sexe d'Agnès, il s'en écartait le temps d'embrasser l'intérieur de ses cuisses, puis revint à l'endroit où s'était trouvée sa moustache. Il en avait suffisamment repéré le relief à présent pour être capable d'appuyer la lame à l'exacte perpendiculaire de sa peau et il se força à ne pas fermer les yeux lorsque, sous cette pesée, sans qu'il ait déplacé le rasoir sur le côté, la chair céda, s'ouvrit. Il accentua sa pression, vit le sang couler, plus noir que rouge, mais c'était aussi à cause de la lumière. Ce ne fut pas la douleur, qu'il s'étonnait de n'éprouver pas encore, mais le tremblement de ses doigts crispés sur le manche de corne qui l'obligea à poursuivre son incision latéralement : la lame, comme il s'y attendait, entrait beaucoup plus facilement. Il retroussa la lèvre, pour arrêter le filet noirâtre dont quelques gouttes perlèrent cependant sur sa langue, et cette grimace fit dévier encore la trajectoire. Il avait mal à présent, et comprit qu'il serait hasardeux de raffiner plus longtemps, alors il taillada sans souci que les coupures soient nettes, les dents serrées pour ne pas crier, surtout lorsque la lame atteignit la gencive. Le sang giclait dans l'eau sombre, sur sa poitrine, ses bras, sur la faïence de la baignoire, sur le miroir qu'il épongea à nouveau de sa main libre. L'autre, contrairement à ce qu'il craignait, ne faiblissait pas, semblait soudée au rasoir et il prenait seulement la précaution de n'éloigner jamais la lame de sa peau déchiquetée dont des lambeaux, sombres comme de

181

petits paquets de viande avariée, tombaient avec un bruit mou sur le miroir à la surface duquel ils glissaient lentement pour enfin plonger dans l'eau, entre ses jambes arc-boutées par la douleur, les pieds crispés contre les parois de la baignoire, tendus comme pour les repousser tandis qu'il continuait, triturait dans tous les sens, de haut en bas, de gauche à droite parvenant malgré tout à n'écorcher qu'à peine son nez et sa bouche, alors que le flot de sang l'aveuglait. Mais il gardait les yeux ouverts, se concentrait sur une portion de peau que la lame fouillait sans perdre jamais le contact, le plus difficile était de ne pas hurler, de tenir bon sans hurler, sans déranger en rien le calme de la salle de bains, de la chambre où il entendait Agnès tourner les pages du magazine. Il craignait aussi qu'elle pose une question à laquelle, les mâchoires serrées comme un étau, il ne pourrait répondre, mais elle restait silencieuse, tournait seulement les pages, à un rythme peut-être un peu plus rapide, comme si elle se lassait, tandis que le rasoir maintenant attaquait l'os. Il n'y voyait plus rien, pouvait seulement imaginer l'éclat nacré de sa mâchoire à vif, une chose nette et brillante dans la bouillie noirâtre des nerfs sectionnés, semée d'éclairs, tourbillonnant devant ses yeux qu'il croyait ne pas fermer, alors qu'il serrait les paupières, serrait les dents, crispait les pieds, contractait chacun de ses muscles afin de supporter les brûlures de la souffrance, de ne pas perdre conscience avant que le travail soit achevé, sans discussion possible. Son cerveau, comme indépendant, continuait à fonctionner, à se demander jusqu'à quand il fonctionnerait, s'il parviendrait avant que le bras retombe à trancher au-delà de l'os, à pousser encore plus loin, au fond de son palais rempli de sang et, lorsqu'il comprit qu'il allait forcément s'étouffer, qu'il ne pourrait jamais finir de cette manière, il arracha le rasoir, craignant que la force lui manque pour le porter à son cou, mais il y arriva, il gardait encore sa conscience, même si son geste était mou, si la contraction tétanique de tout son corps se retirait du bras, et il trancha, sans rien voir, sans même sentir, au-dessous du menton, d'une oreille à l'autre, l'esprit tendu jusqu'à la dernière seconde, dominant le gargouillis, le soubre-saut des jambes et du ventre sur lequel le miroir se brisait, tendu et apaisé par la certitude que mainte-nant tout était fini, rentré dans l'ordre.

Biarritz - Paris
22 avril - 27 mai 1985

DU MÊME AUTEUR

Aux Éditions P.O.L

BRAVOURE, prix Passion 1984, prix de la Vocation 1985

LA MOUSTACHE, 1986 (Folio n° 1883)

LE DÉTROIT DE BEHRING, Grand prix de la Science-fiction 1987, prix Valery Larbaud 1987

HORS D'ATTEINTE?, prix Kléber Haedens 1988 (Folio n° 2116)

LA CLASSE DE NEIGE, prix Femina 1995 (Folio n° 2908)

L'ADVERSAIRE, 1999 (Folio n° 3520)

Chez d'autres éditeurs

WERNER HERZOG, Edilig, 1982

L'AMIE DU JAGUAR, Flammarion, 1983

JE SUIS VIVANT ET VOUS ÊTES MORTS : PHILIP K. DICK, 1928-1982, Le Seuil, 1993

Impression Novoprint
à Barcelone, le 03 janvier 2006
Dépôt légal : janvier 2006
Premier dépôt légal dans la collection: novembre 1987

ISBN 2-07-037883-7./ Imprimé en Espagne
Précédemment publié aux Éditions P.O.L.
ISBN 2-86744-057-2.